「必ずご無事に帰ってきてください。
私も……クリシェル様を守ってみせます」
クリシェルは彼の家族だ。誰にも傷つけさせたりしない。
すると彼は、少しだけ顔を歪めた。
その顔が何を意味しているのか、私にはわからなかったが。
彼は私を抱きしめると、耳元で囁いた。
「君も無事で……」

クリシェル
イアンの兄・ギルバートの娘。
隣国の王子の婚約者候補になる。
イアンが大好きで、少々我が儘。
イアン
青星騎士団の副団長を務める。
サンドラにプロポーズし、
長年の恋心を成就させた。

Characters
ユリウス
サンドラの弟で青星騎士団所属。
姉のことをとても慕っていて、
そのために一計を案じるほど。
サンドラ
真面目な性格の王妃付き侍女。
イアンから姪であるクリシェルの
教育係をお願いされ、引き受ける。
ユーシス
隣国である
カノープス王国の王子。
まだ幼いが、
非常に聡明で、
王国の今後を
見据えた行動をとる。

CONTENTS

ド真面目侍女の婚約騒動！

~無口な騎士団副団長に実はベタ惚れされてました~

2

《著》柏 てん
《画》くろでこ

Domajime
Jijyo no Konyaku
soudou!

プロローグ

おとぎ話の中なら、互いに思いを告げ合った王子様とお姫様は、それからずっと幸せに暮らしましたでエンドマークがつく。

その後の二人がどうなったのか、語られることはない。少なくとも私はおとぎ話の後日談なんて知らない。

だって二人は、幸せになったのだから。

けれど現実はおとぎ話とは違うから、そうはいかない。

私の人生もそう。長年の想いが実りイアンと心が通じ合ったものの、さあではすぐに結婚しましょうというわけにはいかなかった。

私は暗澹《あんたん》たる気持ちで目の前の少女を見下ろす。

レースをふんだんに使った薄桃色の贅沢《ぜいたく》なドレスに身を包んだ彼女は、青く透き通った瞳をきっと吊り上げ私を睨《にら》みつけていた。

表情からは私に敵意を抱いていることがひしひしと伝わってくる。

その顔にほんの少しイアンの面影を見出《みいだ》し、私は悲しくなった。

結婚を考えた時、愛する人の家族とうまくやっていきたいと、きっと多くの女性は願うはずだ。

私だって勿論《もちろん》そうだった。

だからこそ悲しいのは、この小さな淑女に好かれる方法が全く思いつかないせいだ。

「一体叔父様をどうやって誑《たら》し込んだのよ。この女狐《めぎつね》!」

どこで覚えてきたのか、可愛《かわい》らしい口から吐き出される罵倒《ばとう》に眩暈《めまい》がした。

どうしてこんなことになったのかと、私は頭痛を覚えながらここに至る経緯を思い返していた。

第一章 未知との遭遇

王妃からいただいた一カ月の休暇を経て職場に戻ってみると、私の立場や環境は大きく変わっていた。

まず侍女の顔ぶれが変わっている。

だがそれ以上に変わっていたのは、同僚たちの私に対する態度である。

「サンドラさん。具合はいかがですか?」

「まだ本調子ではないのですから、無理はなさらないでくださいね」

驚いたことに、これは私を煙《けむ》たがっていた年下の侍女たちのセリフなのである。

一体何があったのかと、嬉《うれ》しいよりもむしろ警戒してしまうのは仕方のないことだと思う。

「うふふ。彼女たち、あなたの大切さがよくよく身に染みたみたいね」

王妃は私と侍女頭以外の侍女たちを下がらせた後、それはそれは楽しそうに言った。

何のことを言っているのかわからず、一瞬ぽかんとしてしまう。

「あなたのことですよ」

呆《あき》れたような口調で、侍女頭が言った。そして重苦しいため息をついて言葉を続ける。

「あなたが休んでいる間、本当に大変だったわ。あの子たちもそれが身に染みたんでしょう。まあ、あなたとイアン様が婚約を控えていることも、無関係ではないでしょうが」

私はぎょっとしてしまった。

確かにイアンの兄であるルーカス公爵に挨拶《あいさつ》こそしたものの、まだイアンとの関係を公《おおやけ》にはしていない。

むしろどう報告したものかと、頭を悩ませていたのだ。

先だって王妃からの紹介による婚約が破談になったばかりだというのに、間髪容《かんはつい》れずに別の相手との婚約を報告するのは抵抗があった。

言わないわけにはいかないと思いつつ、切り出すタイミングを見計らっていたのだ。

けれど隠しおおせていると思っていたのはどうやら私だけで、王妃と侍女頭は既《すで》にご存じだったようである。

「ふふ。ケネス団長と公爵が、あなたとイアンとの結婚をどうぞよろしくって直接言いにいらっしゃったのよ。よっぽどイアンとあなたを結婚させたいのね」

王妃は淑女の見本ともいうべき仕草でくすくすと笑う。

だが私はといえば、動揺するばかりでまともに返事をすることもできなかった。

王妃が名をあげたのはそれぞれイアンの上司と兄の公爵家当主だ。その二人がまさか、私たちの結婚のことで王妃に直談判《じかだんぱん》していたなんて。

私たちの結婚に賛成してくれているのはありがたいが、本人以上の熱の入れように嬉しいよりも困惑が勝ってしまう。

そして何も言えずにいる私を、王妃はまっすぐに見つめた。

「愛のない結婚も、周囲に認められない結婚もそれぞれに辛いものよ。けれど貴族は、残念ながらそのどちらかを選ぶよりほかない。そんな中であなたの結婚は、奇跡のようなことなのよ。だからそんな顔をしないで、素直に喜んでいなさい」

「もったいないお言葉です。エリーゼ様」

あまりにも優しい言葉に胸が詰まってしまい、それ以上はうまく言葉にできなかった。

少し前までは、結婚どころかこのまま一人で生きていくのだろうと思っていた。そしてそれが苦痛ではなかった。

女の身でありながら仕事があり、家族がいて、恵まれているとすら思っていた。

イアンに想いを寄せながら別の人と愛のない結婚をするよりは、余程いいと。

けれど弟であるユリウスの恋人のふりをした時から、長い間止まっていた私たちの時計の針が音を立てて動き出した。

一時《いっとき》王妃の勧めで愛のない結婚をする覚悟もしたけれど、そうはならなかった。

様々な出来事を経て、私の婚約は破棄され、イアンにプロポーズされた。今思い出しても、夢のようだ。

そしてそれを周囲が祝ってくれているのだから、なおのこと。

今になってみれば、一人でも平気だった頃の自分にはもう戻れないと思う。私は既に、愛する人に愛される幸せを知ってしまったから。

「甘やかしすぎですよ。エリーゼ様」

侍女頭が苦い顔をする。

それは意地悪ではなく、ごく普通のことだ。

むしろ王妃にここまで気にかけていただけるのは大変な誉《ほま》れなのだから、当たり前だと思ってはいけないと気を引き締める。

「あら。きちんと勤めてくれている者を厚遇するのは当然のことよ」

「それはそうですが……」

「それにね、これはわたくしがしたくてしていることなの。子供を三人も産んだのに、全員男の子なんですもの。わたくしだって一人くらい、娘を華やかに送り出してみたかったわ」

子供がいることなど感じさせない若々しい王妃だが、彼女の言うことは事実である。彼女は蠱惑《こわく》的な唇を尖《とが》らせている。

「それにしても、ルーカス公爵家には慶事が重なりますね。陛下もお喜びでしょう」

王妃の不満をそらそうとしてか、侍女頭が別の話題を持ち出した。

ルーカス公爵家はイアンの実家だが、何か他に慶事があったとは聞いていない。一体なんのことだろうと不思議に思っていると。

「確かに慶事は慶事だけれど……公爵は複雑でしょうね。あの国はまだ情勢が不安定ですもの」

公爵が複雑になる慶事とは、ますますもって気になる。

「あの……そちらは私が拝聴してもいいお話なのでしょうか？」

恐る恐る尋ねてみると、王妃と侍女頭は顔を見合わせた。

「嫌だわ。とっくに知っているものかと思っていたわ。だって公爵は……」

「近々公表される、隣国カノープスの次期国王ユーシス様と、ルーカス公爵の御息女クリシェル様のご婚約についてです」

今更何を言っているのだとため息交じりで、侍女頭が言う。

「あなたは本当に噂《うわさ》に疎《うと》いわね」

という呆れ混じりのお小言付きだ。

そんなことを言われても、しばらく出仕を休んでいたのだから噂なんて知りようがないと思うのだが。

「気が早いわ。まだ候補なのよ。本来なら王家の姫を出すところだけれど、年齢が釣り合う直系の姫がいなくてね。あの子の母親はカノープスの出だし。あの子は……喜ばないかもしれないけれど」

「そんなことはございません、エリーゼ様。大変な誉れでございますよ」

どうやら王妃はそのクリシェル姫と会ったことがあるようだ。遠縁にあたるのだから当たり前かもしれないが。しかしどうしてそんなにも苦悩に満ちた表情をするのか、私にはわからなかった。

更には相槌《あいづち》を打つ侍女頭も、まるで慰《なぐさ》めるような様子なのだ。

公爵の娘ということは、イアンの姪《めい》ということだ。だが私はその姪に会ったことがなく、この時はただそんなこともあるのだなとしか思っていなかった。

人はいつも、面倒事が我が身に降りかかるまでは無関心でいるものだ。私は特に社交界に興味がないので、この二人に驚かれる程度には公爵家の事情について疎かった。

だが数日後、その婚約が決して他人事《ひとごと》ではないと思い知らされることになる。

この時の私はただ呑気《のんき》に、次にイアンに会ったらお祝いを言おうとしか考えていなかった。


イアンに会うのは一週間ぶりだ。

その日の私は珍しく浮かれていた。

休んでいる間は頻繁《ひんぱん》に会っていたので、一週間会わないでいると寂しく感じられた。本当に、一人でも平気でいられた以前の自分が信じられないほどだ。

イアンと一緒にいても、特に何か喋《しゃべ》ることがあるわけではない。彼も私も、口数は少ない性格だ。でも一緒にいると、居心地がいい。長年ぽっかりと穴をあけていた空白が、埋まる感覚がするのだ。うまく口で説明するのは難しい。

だが、私を迎えにやってきたイアンは浮かない顔をしていた。

「……久しぶりだ。その、元気にしていたか？」

一週間しか経《た》っていないのに大げさだと思いつつ、私は彼の体調を案じた。

「元気にしておりました。イアン様こそ、お変わりありませんか？」

「え？　ああ——いや。大丈夫だ」

大丈夫だと言う割に、その表情はちっとも大丈夫そうには見えない。何か余程心配なことでもあるのだろうか。

それからしばらくの間、何を話してもイアンは上の空な様子だった。

もしかしたら仕事上の心配事なのかもしれない。

彼の仕事には秘密が多い。当然だ。彼の所属する青星騎士団《せいせい》は、我がシリウス王国にとって軍備を預かる重要な部署なのだから。

私は彼の力になれない自分を歯がゆく感じた。たとえ何の役にも立てないとしても、話を聞くことくらいはできればいいのに。

少しくらい、頼りにしてほしい。

「なにか気がかりなことがあるのですか？」

だから思わず、そう口にしていた。

イアンは驚いたように私を見た。

「よかったら話してくださいませんか？　なにか困り事があるのなら、せめて分かち合いたいのです。私たちは――結婚するのですから」

我ながら、その言葉を口にするのは勇気が要《い》った。真実ではあるが、まだまだ現実感がない。

「サンドラ……」

「イアン様」

私とイアンは、しばらく見つめ合った。彼の青い瞳の中に浮かぶ迷いは、少しだけ小さくなった気がした。

「気を遣わせてすまない」

「謝っていただきたいわけでは……」

「俺を案じてくれたのだろう？　それは純粋に嬉しい」

そう言って、イアンは隣に座る私の膝《ひざ》の上にある手を握った。

どきりと心臓が大きな音を立てた。未だに彼との接触は慣れない。弟以外の男性と触れ合うことなんて、何年もなかった身の上だ。

でもそれだけじゃない。

胸が高鳴るのは、イアンが私の好きな人だからだ。

「君にずっと言わねばならないと思っていた」

「え？」

どうやらイアンが悩んでいたのは、仕事のことではなく私のことであるらしい。

「兄のたっての願いなんだ。どうかクリシェルの……俺の姪の教育係を引き受けてはくれないだろうか？」

思いもよらない言葉に先ほどまでの感傷は吹き飛んで、私は唖然《あぜん》とイアンを見つめ返すよりほかなかった。

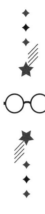

馬車はそのまま、ルーカス公爵家へと到着した。

イアンは最初からそのつもりで私を誘ったようだ。久しぶりのデートのつもりだった私は、正直なところがっかりして気が抜けてしまった。

だが、将来の夫の実家にやってきたのだから、いつまでも気を抜いているわけにはいかない。

ただでさえ、姪の教育係をしてほしいなどというとんでもない依頼をされているのだから。

詳しい話は兄から直接聞いてほしいとのことで、イアンからの説明はなかった。どうにも彼は、この案件を扱いかねているらしい。
「やあ、久しぶりだね」
久しぶり——といっても初めて会ってからそれほど経っていないが、再会した現ルーカス公爵こと
ギルバートは、心なしかやつれていた。
すっかり気疲れしたその様子に、私はデートじゃなかったなどとがっかりした少し前の自分を叱《しか》
りつけたくなった。
いかな公爵家とはいえ、隣国の王子との結婚ともなれば大ごとに違いない。
よくよく考えれば、すぐにわかることだ。本来なら相手の身分と釣り合いがとれるよう王家の姫
が嫁ぐところだが、現国王に娘がなかったため傍系の公爵家の姫に白羽の矢が立ったに違いない。
だが、カノープスはつい先ごろ国王が代替わりしたばかりである。政情が安定しているとは言い
がたい。そんな国に娘を送り出す公爵の気苦労は、如何《いか》ばかりだろうか。
少し考えればわかることばかりだというのに、私は自分の結婚に浮かれていてそんなことにも思
い至らなかったのだ。
そう思うと、恥ずかしくてたまらなくなった。
イアンは公爵家の次男だ。普通貴族の次男は長子が当主の座に就くと家の中に居場所がなくなる。
なぜかといえば、家を相続する次世代の邪魔となるからだ。中には生まれる順番が違うだけでと、
身持ちを崩す者もいる。

だがイアンは、その例には含まれなかった。既に家を出て独立しているし、青星騎士団の副団長として立派に職を持っているからだ。

しかしだからといって、結婚すれば公爵家と無関係ではいられない。

イアンの兄であるギルバートが私を弟の婚約者として認めてくれたのだから、彼の娘の結婚について、当事者意識をもってしかるべきだった。

その時私は猛省していた。

「弟から聞いているかもしれないが、君には娘の教育係を頼みたいんだ」

向かい合ってソファに座った後、テーブルのセットが終わったタイミングを見計らってギルバートが本題を切り出した。

いよいよ来たぞと思い、私は今まで以上に姿勢を正す。

「勿論《もちろん》、妃殿下には先に話を通してある。とはいっても、君自身の意向が最優先だと言われているけどね。君には断る権利がある」

どうして誰も彼も、こうして私に優しくしてくれるのだろうか。王妃にしてもギルバートにしても、私に否《いや》が応《おう》でも命じる権力を有しているというのに。

「あの……どうして私なのでしょうか？」

最も不思議なのはそのことだ。

教育係として私以上に相応《ふさわ》しい人間は大勢いる。それこそ、貴族の子女教育で名を馳《は》せている家庭教師に頼むのが通例だ。公爵家ならば、家柄のしっかりとした家庭教師に伝手《つて》もあることだろう。隣国に嫁ぐにあたり、あちらの事情に通じる者がいいのであればなおさら、私が最善とは言いがたいように思う。

いくら考えても、王妃に頼んでまで私に依頼する理由がわからなかった。

「それは……」

ギルバートは、頭が痛いとでもいうようにうつむいて額《ひたい》を撫《な》でさすった。いかにも苦渋と言えるようなその表情に、余程の事情なのかと緊張が高まる。

するとそこへ、がたんと音がして主《あるじ》の許可もなく部屋の扉が開いた。

室内にいた全員の視線が、そちらへと集まる。

そこに立っていたのは、薄桃色のドレスを纏《まと》ったまるで人形のごとき少女だった。陶器《とうき》のような白い肌に、薔薇《ばら》色の唇。淡い金髪にイアンと同じ澄んだ空のような瞳。

私は思わず、その美しさに見入ってしまった。王妃の完成された美しさとは違う、未成熟で不完全な美。

だから彼女の後ろから慌てたメイドたちが彼女を止めようとしていたことも、目の前に座っていたギルバートが深くうめいたことにも、気づかなかった。

「私が頼んだからよ！　だからどうぞよろしくね？　お・ば・さ・ま？」

まるで叩きつけるようなセリフが、いつまでも頭の中でリフレインしていた。

ギルバートは言った。少し甘やかしすぎてしまったのかもしれないと。

早くに母親を喪《うしな》った娘が哀《あわ》れで、つい好きにさせすぎてしまったと。

貴族のご令嬢が、高飛車になるのはそう珍しいことではない。私の職場に行儀見習いとして入ってくる令嬢たちも、全員が淑《しと》やかとは言いづらい。それはわかっている。

だが目の前のクリシェルは、私の想像を超えていた。

彼女は女同士で話がしたいと半ば無理やり私を応接室から連れ出し、自室まで引っ張ってきた。

その強引さだけで、既に貴族令嬢らしくない。

別れ際、イアンはとても心配そうに私を見ていた。言葉にはせず口の動きだけで大丈夫だと伝えたけれど、果たして伝わっただろうか。

「やっとお会いできましたわね」

メイドがしっかり扉を閉じたのを確認して、クリシェルは口を開いた。

「わたくし、ずっとお会いしたかったんですの。あの叔父様が突然結婚なさるなんておっしゃるから、お相手はどんなに素敵な方なのかしらって」

まるで小鳥のように愛らしい声だが、その声音《こわね》はどこか毒を含んでいる。

彼女の行動は、叔父の婚約者を見たいだけの少女としてはあまりに特異だ。それならただ会うだけでいい。けれど彼女は、わざわざ私を教育係として指名した。自分が隣国の王子に嫁ぐかもしれないという、大切な時に。

だが、相手がどんな気持ちでいようと、私は彼女に礼を尽くさねば。

彼女は公爵家の令嬢であり、なにより大切な人の家族なのだから。

私は慎重にカーテシーをした。

「お初にお目にかかります。サンドラと申します」

だが、クリシェルの反応はといえば、高飛車に鼻を鳴らすだけだった。そして次に浴びせられたのは、聞くに堪えない暴言だった。

「それで……一体叔父様をどうやって誑《たら》し込んだのよ。この女狐《めぎつね》！」

私はひどく驚いた。彼女が私に敵意を持っていることには薄々気づいていたが、まさかこんな直接的な言葉で非難されるなんて予想もしていなかったからだ。美しいその顔とのギャップに、思わず別の誰かが口にしたんじゃないかと部屋の中を見回してしまった。

だが目についたのは怯《おび》えたような顔をしたメイドだけで、彼女たちは私と目が合うとすぐに視線をそらした。きっとクリシェルは、普段からこのような物言いをしているに違いない。

あまりにひどい物言いに、気の弱い令嬢なら気絶しているところだ。だが残念なことに、私はこれくらいの暴言で気を失うほどの繊細さなど持ちあわせていなかった。

そもそもこれくらいで参っていたら、王妃の侍女など務まらない。それに幸か不幸か、ここ最近は人様に悪《あ》しざまに罵《ののし》られることが多かった。それと比べれば少女の暴言など、麗《うら》らかな春のそよ風とそう変わりないのである。

だって別に、直接殴られたり首を絞められたわけではないのだから。

というわけで黙ってクリシェルを見ていたのだが、私の反応は彼女の期待とはそぐわなかったようだ。

「なに？　驚きすぎて声も出ないの？　叔父様を騙《だま》して結婚しようとする女なら、もっと図太いかと思ってた」

ふむ。図太いことは否定しないが、騙してというのは聞き捨てならない。

「イアン様を騙してなどおりません」

私が言い返すと、クリシェルは驚いたように目を見開いた。

「は？」

「騙してなどいないと申し上げました。そもそも騙す理由がございません」

「なによ！　しらばっくれるつもり？　そうじゃなきゃどうして叔父様があんたなんかとっ。私まで騙そうったってそうはいかないんだから」

クリシェルだけでなく、部屋の中にいたメイドたちもぎょっとしたような顔でこちらを見た。その目からは、どうか主人を怒らせてくれるなという懇願《こんがん》めいたものが感じられた。

だが私としても、ここは引けない。イアンの家族とはうまくやっていきたいけれど、クリシェルの言葉を否定しなければ私だけでなくイアンの不名誉に繋《つな》がる。

「クリシェル様。私のことはどうおっしゃっても構いませんが、あなた様の物言いはイアン様が容易《たやす》く女性に騙される俗物と侮《あなど》っているように聞こえます。訂正してください」

「なんですって!?」

クリシェルはその白い肌を紅潮させる。

「何度でも言います。イアン様は私のような十人並みが色仕掛けして落ちるような方ではございません！　特に優秀であると国に認められた騎士です。ご家族なのに、それがおわかりにならないのですか」

私もつい興奮して言い返してしまった。

たとえ相手が子供であろうと、イアンのことを悪く言われるのはどうしても堪えられなかったのだ。

真っ赤になったクリシェルは、わなわなと肩を怒らせて絶句している。その耳から今にも蒸気が噴き出すんじゃないかと思えるほど、顔は怒りで歪《ゆが》んでいた。

一方私はといえば、一気にたくさん喋ったせいで苦しくなり、呼吸を整えていた。部屋の中に気まずい沈黙が落ちる。

そしてその沈黙を破ったのは、扉の外から聞こえてきた大きな笑い声だった。

弾かれたように、クリシェルの視線が扉に吸い寄せられる。

ゆっくりと開かれた扉の向こうには、お腹《なか》を抱えて笑うギルバートと、複雑そうな顔をしたイアンが立っていた。

しばらくはギルバートの苦しげな笑い声が響き、それが終わると彼は別人のように厳しい顔をして娘を見た。

「クリシェル。私の書斎に来なさい。なにを言われるかはわかっているね？」

ギルバートのその言葉からは、反論を許さない威圧感が感じられた。

一方でイアンはといえば、いつの間にか呆気《あっけ》にとられる私の目の前に立っていた。そして逃がさないとばかりに私の腰に腕を回す。

一体どこから聞かれていたのだろう。

大人げなくクリシェルに言い返してしまったので、私は非常にきまりが悪かった。

だがそれは、クリシェルも同じだったようだ。

「クリシェル」

イアンが静かに彼女の名前を呼ぶと、小さな肩がびくりと震えた。

先ほどまでの、居丈高な態度など嘘《うそ》のようだ。彼女はイアンの言葉を恐れるかのように肩を竦《すく》めていた。

「サンドラを愚弄《ぐろう》しないでくれ。彼女は俺の大切な人なんだ」

低いその声音は、怒っているというよりも少し悲しげだった。返事はなく、その場には気まずい沈黙が落ちる。

「クリシェルおいで。サンドラ嬢も、今日はすまなかった」

ギルバートに謝罪され、私ははっとする。

「いえ、そんな。こちらこそお嬢様にご無礼を……」

そう言いかけたところで、ギルバートは私の言葉を遮《さえぎ》った。

「謝らないでくれ。私の立つ瀬がなくなってしまう。どうやら思っていた以上に、私は娘の教育を誤っていたようだ」

この段になると、クリシェルはもう可哀相《かわいそう》なほど小さくなっていた。彼女は父親に促《うなが》され、とぼとぼと部屋を出る。

その背中があまりにも憐《あわ》れみを誘うので、私はついその彼女のことを目で追ってしまった。

「行こう」

だが間もなくイアンに促されて、私もクリシェルの部屋を後にした。


「最初に言っておくが」

帰りの馬車の中で、イアンは私をじっと見つめてこう言った。

「君に色仕掛けされたら、俺はすぐに落ちるぞ」

「ゴフッ」

予想もしない言葉だったので、私は変な咳《せき》が出た。そのままごほごほと咳《せ》き込む。

「だ、大丈夫か？」

「大丈夫です……」

驚いたように労《いたわ》られたが、労るくらいなら最初から変なことは言わないでほしいと思う。

私の咳が落ち着くと、気を取り直したようにイアンは言った。

「すまなかった。こんなことになるとは思わなかったんだ」

イアンはひどく申し訳なさそうな顔をしていた。

「いえ。私こそ大人げなかったです」

冷静になってみると、随分《ずいぶん》恥ずかしいことを言ってしまったと居たたまれなくなった。私は膝に手を置き、先ほどのクリシェル同様小さくなっていた。

「クリシェルがああなってしまったのは……俺にも責任がある。数年前義姉《あね》が自分のお産のせいで亡くなったと知って、クリシェルはすっかりふさぎ込んで家族以外とは喋れなくなってしまったんだ」

「そんなことが……」

だが、それと今日の彼女の態度がどう繋がるのかはわからなかった。

イアンが言葉を続ける。

「俺は既に実家を出ていたが、クリシェルが口を利く数少ない相手だからと頼まれて、実家に顔を出すようになった。それから少しずつ、クリシェルも元のように他人と喋れるようになったんだ。同時に、俺のような武骨者と楽しそうに話してくれることに、きっと救われていたんだと思う」

私ははっとした。

そして、先日ギルバートから聞いた話を思い出す。

不幸な幼少期を送ったイアンにとって、家族の中で唯一の味方であったギルバートの娘は、心を許せる数少ない相手だったのだろう。

そう思うと、なんだかひどく胸が痛んだ。

「男所帯なのもあって、ついあの子を甘やかしてしまった。まさか君にあんなことを言うなんて……」

イアン自身、クリシェルの言葉にかなりショックを受けているようだ。

確かに、可愛《かわい》がっていた姪が実はあんな性格だと知ったら、私が同じ立場でもショックを受けたかもしれない。

私は試しに、弟であるユリウスが同じようなことをしたらどうだろうと想像してみた。

そしてすぐに答えが出る。そんなもの鉄拳《てっけん》制裁に決まっているからだ。

だがさすがに、イアンがいたいけな少女に鉄拳制裁をしているところを見たくはない。

普段は口下手なイアンがこんなにも言葉を尽くして説明してくれているのだから、クリシェルに対する思い入れが余程強いということなのだろう。

そんな彼のために、私は何かしたいと思った。

もう過去に戻って彼を慰めることはできないが、今から彼の役に立つことならば私にもできるはずだ。

そして私は、決意した。

「わかりました」

「教育係の話も、なかったことにしてくれ。結婚した後も、クリシェルとは会わずに済むように取り計らうから——」

「いいえ」

私のことを案じるイアンの言葉に、かぶりを振る。

不思議そうな顔をして、彼は私を見つめた。

「教育係のお話、喜んでお受けします」

目の前にあるイアンの瞳が、私の言葉を理解してじわじわと見開かれた。

「そんな、無理をしなくても……」

「無理などしていません。確かに最初から仲良くとはいきませんでしたが」

「俺は君に何かを強《し》いたりしたくない。君は何でも一人で頑張りすぎてしまう人だから」

イアンの言葉に、胸があったかくなった。自分の頑張りを見てくれている人がいるのだと思うと、心強い。

「ありがとうございます。でも本当に無理をしているわけではないんです。むしろ、クリシェル様のように面と向かって不満を言ってくださる方というのは、珍しいです」

女社会はもっと陰湿だ。長年女だけの職場で働いてきた私から見れば、クリシェルのなんと潔《いさぎよ》いことか。

社交界であればなおのこと、笑顔で近寄ってきて油断させて後ろから刺すようなことをする人もいる。

そしてクリシェルは、これからそんな人々と渡り合わなければならない。本当に隣国に嫁ぐことになれば、将来王妃となるのは確約されたも同じ。

王妃となれば彼女を利用するために、たくさんの悪い考えを持った人が寄ってくるだろう。そしてそのような人たちは、彼女のように真正面からやり合うだけでは、決して倒せない。

冷静になってみると、いたいけな彼女の肩に載せられた重荷を思い、私は彼女に怒りではなく別の感情を抱き始めていた。

勿論イアンの家族だからという理由もあるが、自分にできることがあるのならあの少女のためになにかしてあげたいと思ったのだ。

同時に、彼女がこのまま嫁げば、前述したような人々に利用され、このシリウス王国の不利益になるのではという危惧《きぐ》もあった。

王妃の苦悩に満ちた表情を思い出す。

きっと妃殿下もまた、同じことを危惧したに違いない。

私はこのシリウス王国という国、そして王族に忠誠を誓っている。

クリシェルを矯正《きょうせい》することが国の安全に繋がるのなら、私はそれをするべきなのだ。

こうして突き動かされるように、私はクリシェルの教育係という役目を引き受けたのだった。

第二章　新しい生活

気合いを入れて、ルーカス公爵家のポーチに降り立つ。

迎えの馬車に載せてきた旅行鞄《かばん》は、お願いせずとも速やかにフットマンによって運ばれる。

私は今日からしばらくの間、教育係としてルーカス公爵家に滞在する。

イアンから私の決意を聞いたギルバートが、ならばぜひ屋敷に滞在してくれと申し出てくれたのだ。

勿論《もちろん》、王妃様の許可はいただいている。休暇から戻ったばかりで仕事を休むのは心苦しかったが、公爵があらかじめ許可を取っていたので異議を唱えられる人間はいなかった。公爵が言っていた通り、王妃は私の意思に任せるつもりだったようだ。くれぐれもクリシェルのことをよろしくと頼まれたので、やはり王妃としても彼女に思うところがあったのだろう。

当初、ギルバートは私の申し出にかなり驚いていたらしい。

先日の一件を考えれば当然かもしれないが、あちらから申し出があったことなので快《こころよ》く受け入れられたと聞く。

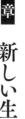

ちなみにイアンは、今日一緒に来られないことをひどく気にしていた。仕事だから仕方ないし、別に一人でも問題ないと言ったのだが、やはり未だにクリシェルの先日の言葉を気にしているらしい。

ありがたいが、あんまり甘やかされると今度は私がダメになってしまいそうで、少し不安な部分もある。ただでさえ、叶うはずがないと思っていた恋が叶って未だに現実感のない状態なのだから。

それから執事らしき男性に案内され、私は今日から使うことになる部屋を見せてもらった。

二階にある見晴らしのいい部屋で、クリシェルの使っている子供部屋とは少し離れているらしい。部屋の家具は趣味よく調えられ、塵《ちり》一つなく掃き清められていた。さすが公爵家の客室だ。

正直なところ、普段使っている使用人部屋の二倍以上広い部屋に、嬉《うれ》しいよりも申し訳ないという気持ちの方が勝つ。

それから少しして、私を出迎えるためギルバートが部屋にやってきた。

「部屋は気に入ってくれたかな？　なにか用があれば遠慮なく使用人に言いつけてくれ」

普通、娘の教育係が来たからといってわざわざ貴族が――それも公爵が顔を出したりはしない。私に気を遣ってくれているのかもしれないが、逆に気が引けてしまう。

「お忙しいところ、わざわざありがとうございます閣下」

礼を言うと、ギルバートが眉を寄せる。

「そう他人行儀にならないでくれ。イアンと結婚したら、君もルーカス家の一員になるのだから」

「ありがとうございます。ですが、あくまで結婚するまではクリシェル様の教育係として扱っていただければと思います。仕事として、真剣に取り組みたいのです」

そう言うと、公爵は苦笑する。

「君とイアンは、似た者同士のようだね」

私にはその言葉の意味がわからなかった。

ともあれ、言うべきことは先に言っておかなければならない。

「閣下。お嬢様の教育係として仕事を始める前に、お約束していただきたいことがあります」

「約束？」

「失礼ながら、私が何をお教えしようとも、クリシェル様の根本が変わらねば教育係を請け負った意味がありません」

私の言葉を、ギルバートは神妙な面持《おもも》ちで聞いている。

「先日閣下はおっしゃいました。クリシェル様を甘やかしすぎてしまったと。でしたらまず、その部分から変えていかなければならないと思うのです」

「私に、クリシェルを甘やかすなと？」

不敬ともとられかねない要望だが、仕方ない。それより他に言いようがないからだ。

「閣下。本気でクリシェル様のためを思うなら、今までとはやり方を変えねばなりません。あのまま社交界に出れば、クリシェル様は間違いなくいらぬ苦労をなさいます。国内ならば閣下がお助けすればいいでしょうが、カノープスの地であればそれも叶いません。あの方ご自身が、己のためにもっとしたたかにならなければならないのです」

ギルバートは黙り込んだ。

さすがに言い過ぎかもしれないとは思ったが、一度口から出てしまった言葉を取り消すことはできない。

私は黙って相手の判断を待った。

「それは……」

何かを言いかけて、ギルバートはその言葉を飲み込む。

そして彼は一度長く目を瞑《つぶ》った後、私に向けて困ったような笑みを見せた。

「その通りだ。私もあの子も、変わらねばならない。国のためにも、そしてあの子自身のためにも」

クリシェルのカノープス王国への輿《こし》入れがなければ、ギルバートは私の条件を受け入れはしなかったかもしれない。

「私たちも、変わらねばならない時がきたのかもしれないね」

少し寂しげに、ギルバートは呟《つぶや》いた。

その後私たちは、連れ立ってクリシェルの部屋へと向かった。

再会した彼女は相変わらず薄桃色のドレスを身に纏《まと》い、美しく装っていた。だがまだ昼間だというのに、胸元の開いた夜会用のドレスを着ているのはなぜなのか。

それ以前に、彼女の歳《とし》ではデビュタントすらまだ済んでいないはずだ。

どうして夜会用のドレスなど持っているのだろう。あろうことか成人と同じように髪まで結い上げている。

「今日からクリシェル様の教育係を務めさせていただくことになりました。改めましてサンドラと申します。どうぞよろしくお願いいたします」

できうる限りの笑顔で挨拶《あいさつ》すると、少女は本当に嫌そうな顔をした。不機嫌そうに頬《ほお》を膨らまし返事すらしない。

感情がそのまま顔に出てしまうところは、子供らしくて個人的には好ましいが、教育係としてはそこも直してもらわねばならないところだろう。私は心の中のメモ帳に書き足した。

「クリシェル。そんな顔をしてはいけないよ」

一緒に来ていたギルバートが注意するが、その声は甘やかしてしまったという言葉通りこの上なく優しいものだ。

妻の忘れ形見を可愛《かわい》がる情に篤《あつ》い人なのだとは思うが、同時にこのままではクリシェルのためにならないとも思う。

ギルバートはクリシェルの前にひざまずくと、優しい声のままで言った。

「私は……君の育て方を間違ってしまったのかもしれない」

その言葉に、クリシェルの青い目は大きく見開かれた。

「今までに教育係を、何人もクビにしてきた。君が追い出したからだ。社交界に出すのはやめた方がいいと、忠告を受けたこともある」

「お父様。どうしてそんなことを言うの？　お父様はいつでも私の味方だって言ったじゃない！」

非難めいた声が部屋の中に響く。

「その通りだよ。でも味方だからこそ、君に将来苦労なんてしてほしくない。そのためには、したたかな淑女になってほしい。誰にも利用されない、強い女性に。きっと君のお母さんも、それを望んでいるはずだ」

「なにそれ？　私は強いわ。それに、そう思うならお父様がずっと一緒にいて護《まも》ってくれればいいじゃない。私は今のままでいい！」

興奮するクリシェルの頭を、ギルバートは抱きしめた。

「ずっと一緒にいて守ってあげたいよ。でも父さんも永遠に生きられるわけじゃない。それに、カノープスのユーシス王子との婚約の話はしただろう？　君をずっと護るという役目は、君の旦那様《だんなさま》のものなんだよ。だから――」

娘の顔を覗《のぞ》き込むようにして、ギルバートは言った。

「君が何を言っても、サンドラは辞めさせない。しっかり彼女の言うことを聞いて素敵なレディになっておくれ」

その時の、あんぐりと口を開けたクリシェルの表情を見て、なんだかようやく彼女の素顔を見れた気がした。

仕事があるからとギルバートが去った後、クリシェルはご機嫌斜めどころか地底深くに埋まってしまったのではないかというほどひどい顔をしていた。

「あ、あなたのせいよ！」

我に返ったのか、美少女が猛然と怒り出す。

「お父様になにを言ったの!?　優しいお父様があんなこと言うなんて！　私から叔父様を奪うだけじゃ足りないの？　なんでこんなひどいことをするのよ！」

顔を真っ赤に紅潮させて、クリシェルが叫ぶ。

彼女は猛然と私の服に摑《つか》みかかってきた。貴族としては、ここまで感情表現が激しい令嬢も珍しい。

ここで正論を説いたところで、クリシェルには受け入れがたいだろう。なにより私も、自分の意見をいきなり押し付けるようなことはしたくない。

「まずは着替えませんか？　その恰好《かっこう》ではお体を冷やしますよ」

夜会用のドレスは大きく胸元が開いている。大人っぽくとも胸の膨らみは年相応なので、つるんと落ちてしまいそうで見ていてはらはらする。

というか、激しく動いたせいで既《すで》にずり落ちかけている。

「うるさいわね。私が好きで着ているのに意見しないで！」

そう叫んだのが悪かった。

大きくずり落ちて、薄いシュミーズが露《あらわ》になった。

「ぷっ！」

一瞬おならかと思った。だがそうではなかった。

それはクリシェルの露になった胸元を見て、お付きのメイドが噴き出した声だった。

「ちょっと、笑っちゃまずいわよ」

「だって、あんなに怒って胸元丸出しにしてるんだもの……っ」

笑ってはいけないと思うほどおかしくなってしまうのか、その笑いは四人いたクリシェルのメイド全員に伝播《でんぱ》していった。

クリシェルは先ほどよりも更に顔を紅潮させ、すっかり林檎《りんご》のような顔で胸元を押さえている。

私からすれば、主《あるじ》がこれなら従者も従者だと呆《あき》れるよりほかないが、見るからに気位が高そうなクリシェルには耐えがたいのだろう。

私は自分がまいていたストールを外すと、そっとそれをクリシェルの肩にかけた。

思考が停止しているのか、彼女は大人しくされるがままになっている。ギルバートが先に席を外

していたのがせめてもの救いだ。

「私にクリシェル様のドレスルームを見せてくださいませんか？　最初の授業として、時間帯に相応《ふさわ》しいドレスの選び方を学びましょう」

私はクリシェルの肩を抱いて、衣裳《いしょう》部屋に続くと思われる小さな扉を開けた。

衣裳部屋にはぎっしりとドレスが並べられていた。

驚きを通り越し、私は少し呆れてしまった。ギルバートの甘やかしすぎてしまったという言葉は、決して誇張ではなかったようだ。

とはいえ、公爵家の財力があればこれくらいのドレスを仕立てたところで痛くもかゆくもないだろう。

クリシェルは部屋の中に入った途端、私の手を払いのけた。

私は少しの間クリシェルを落ち着かせるため、一人にしてあげようと考えた。なのですぐさま引き返して衣裳部屋を出て、部屋の中に残っていたメイドたちを見回す。彼女らはクリシェルの少し年上ぐらいといった年頃で、おそらくはメイドというよりクリシェルの友人役として公爵が付けた者たちだろうと考えた。ならば下級の貴族か、豊かな商人の娘といったところか。

後ろ手でゆっくりと衣裳部屋の扉を閉める。

四人はやってしまったとばかりにばつの悪そうな顔をしていた。

「クリシェル様が落ち着くまで私が様子を見ておくから、あなたたちは下がっていいわよ。用があったらまた呼ぶから」

そう言うと、彼女たちは本当にその言葉に従っていいのかと迷うように顔を見合わせた。

私はポケットからボンボンの詰まった小さな缶を取り出し、中身を彼女たちに見せた。色とりどりのボンボンは、まるで宝石のように見える。

小さなお菓子は少女たちの心をつかんだらしく、皆興味津々《しんしん》で覗き込んでいた。

「一人一つずつね。メイド長には内緒よ」

別に話されても問題ないのだが、この年頃の女の子とは秘密を共有することが仲良くなる近道だ。

彼女は一つずつボンボンを選び出すと、跳ねるような足取りで部屋を出ていった。

彼女たちの華奢《きやしや》な背中を見送った後、私は深呼吸をして衣裳部屋に戻った。

狭い衣裳部屋の中で、最初クリシェルの姿が見つけられずに焦った。だがすぐに、部屋の隅《すみ》っこで夜会用のドレスのまま、膝《ひざ》を抱えているのが見えた。綺麗《きれい》に結い上げた髪も崩れてしまったらしく、なんとも物悲しい姿となっている。

「クリシェル様。あなたの何が間違っていたかおわかりになりますか」

静かに問いかけると、少女は顔を上げ私を睨《にら》みつけた。だが、その目に先ほどまでの力はない。

私は両手をついて、無理やりクリシェルと視線を合わせた。

「失敗は、誰にでもあることです。貴族でも夜会で失敗する方は多くいます。コルセットをきつく締めすぎてパーティーの最中に気絶なんてしょっちゅうですよ。他にも、蠟燭《ろうそく》の熱でドレスに穴があいたり、汗で化粧がドロドロになったり、社交界には失敗の種がそこら中に散らばっているのです」

するの再び、クリシェルの目は丸くなった。一体何を言い出すのか、訝《いぶか》しんでいる様子だ。

「ではそこで貴族として大事なことは何なのか、おわかりになられますか？」

尋ねても、しばらく返事はなかった。

辛抱強く待っていると、根負けしたようにクリシェルが口を開く。

「……失敗をしないようにすることでしょう？」

初めて、会話が成立した気がした。

それが嬉しくて、心が跳ねだしそうになる。

私はゆっくりと首を左右に振って、クリシェルの意見を否定した。

「いいえ、そうではありません。先ほども申しました通り、失敗は誰でもします。高貴であるかそうでないかは関係ない。本人は完璧を心掛けていても、使用人が失敗すればそれが主にも及びます。例えば――ハリソン男爵をご存じですか？」

少し考えた後、クリシェルは知らないというように首を左右に振った。

「三十年ほど前に一代貴族でいらした方ですが、この方は洒落者《しゃれもの》で有名でした」

「それがなに？」

「ある日ハリソン男爵はズボンにアイロンをかけるよう使用人に命じたのですが、使用人はアイロンの扱いに慣れておらず、誤ってスラックスにまっすぐ縦の皺《しわ》ができてしまいました」

目の前の青い目がぱちぱちと瞬《またた》く。その瞳に少しの好奇心が宿ったのを見て、私は声が上ずってしまわないよう注意しなければならなかった。

なんだか高貴なご令嬢というよりも、野生動物を懐かせようとしているみたいだ。こんなことを考えていると知られたらまた怒らせてしまうだろうが。

「何を言っているの？　スラックスに縦の皺を入れるのは普通のことだわ。お父様もそうしているもの」

「確かに今はそうです。ですが当時はそうではなく、左右の縫い目に合わせるのが普通でした。ですがある日、ハリソン男爵が縦の皺の入ったスラックスで夜会に現れたのです。彼はとても堂々としていたので、誰もその皺が使用人の失敗で入ったものだとは思いませんでした。むしろまっすぐ線が入ったスラックスがとてもおしゃれだと評判になり、誰もがこぞって真似するようになりました。クリシェル様がおっしゃったように、今ではそれが定着して皆さん縦に皺を入れるようになったんですよ」

「凄《すご》い……」

私が侍女頭から聞いた昔話を終えると、クリシェルの目に先ほどまでなかった輝きが灯《とも》ったのがわかった。

「それでは改めてお聞きしますね。クリシェル様は何をお間違いになりましたかわかりますか？」

「それは……？」

しばらく考えた後、クリシェルは不安そうな顔をして言った。

「堂々としていればよかったと？　下着が丸出しになったのに」

私はにっこり笑って頷《うなず》いた。

「時代によっては、下着のような薄布がドレスとして流行したこともございます。これが正しいのだと堂々としていれば、見ている方はそれを間違っていると思う自分がおかしいのかもしれないと錯覚するのです。私がお仕えしている妃殿下も、何があっても公《おおやけ》の場では微笑を絶やしません。失敗しても相手にそれを悟らせない。それこそが貴族の矜持《きょうじ》なのだと、私は思います」

よくわからないというように、クリシェルは視線を彷徨《さまよ》わせた。

だがその表情からは出会った時の険は消えていて、正直なところ私はほっとしていた。

感情の起伏こそ大きいものの、どうやら思った以上にクリシェルは素直な性格のようだ。ならばまだ、いくらでもやりようはある。

「変なの。失敗しないようにするんじゃなくて、失敗を誤魔化せだなんて」

「そうでしょうか？」

「そうよ。今までの教育係は、誰もそんなこと言わなかったわ。失敗すると大変だから、あれをするなこれをするなってそればかり」

それはそうだろう。

失敗はしない方がいいのは当たり前だ。私が今した話は、教育係としては邪道なのかもしれない。だが大人になっても、完璧に生きることなどできはしない。私がいい見本だ。いつも失敗しては、醜《みにく》くあがいたり周囲に助けてもらったりしている。

「閣下がおっしゃった素敵なレディというのは、失敗をものともしないしたたかな女性のことだと私は思います。そんな女性になるのはお嫌ですか？」

私が尋ねると、クリシェルは満更でもない、という顔になった。

「仕方ないから、あなたの話聞いてあげなくもないわ。あなたのことは大っ嫌いですけどね！」

クリシェルは身を乗り出し、大声で叫ぶ。そうやって大きな口を開けると小さく尖《とが》った犬歯が覗く。そうしていると年相応でとても可愛らしい。

私はこの意地っ張りな少女の教育係をするのが、少しだけ楽しみになった。


クリシェルはおしゃれに興味があるようなので、まずは身だしなみについての授業をすることにした。

クリシェルは大人のようなかなりきつく締め付けるコルセットをつけていたので、まずそれを外すことから始めた。

「なんで外す必要があるの？　この方が腰が細く見えるのに」

コルセットなど巻かなくても十分細い腰なのに、こんなことを言う。

「若いうちからコルセットで締め付けてしまうと、成長が止まってしまいますよ」

少なくとも私は、母親にそう言って育てられた。

クリシェルはぎょっとした顔をして、大人しく子供用の柔らかいコルセットに着替えてくれた。

これは女の子を産んだかつての同僚に評判を聞いて買い求めたものだが、確かに動きを阻害しない作りになっている。

「なにこれ、全然苦しくない」

やはり息苦しさを感じていたらしく、クリシェルは目に見えて調子が良くなった。

だがそれだけではない。驚いたことにコルセットを変えてから、とげとげしかった性格まで少し柔らかくなった。コルセットと性格に関連があるとも思えないのだが、あるとすればコルセットの息苦しさで日常的に不機嫌になっていたということなのだろうか。

ともあれ、毎日を快適に過ごせるようになったのならそれはいいことだ。

他にも、クリシェルが取り巻きとしていたメイドたちは、彼女たちには悪いが別の仕事を振り分けてもらった。同世代の女の子が傍《そば》にいると、変な意地を張ってしまい素直になってくれないかもしれないと考えたからだ。

クリシェルは反対するかと思ったが、意外なことに彼女は何も言わなかった。どうやらあの日笑われたことが未だに尾を引いているらしい。

「今しかできない髪型なのですから、やっておかなければもったいないですよ」

そう言って髪を結い上げるのではなく、編み込んだりしていくつもの髪型と服装を試したりした。

自分のおしゃれは苦手だが、私は何年も侍女として王妃の身支度を手伝ってきた技術がある。髪型を整えるのなんて得意中の得意だ。

「凄い……なにこれ」

クリシェルの金色の髪を複雑に結いこんでみせると、年相応の笑顔で喜んでくれた。

なんだか幼い頃の弟を思い出させる笑顔だ。弟のユリウスは、姉弟《きょうだい》であるにもかかわらず私には全く似ていない。近頃は最年少で騎士に叙任され、美貌《びぼう》の騎士としてご令嬢たちの心を騒がせている。

そういえば子供の頃、戯《たわむ》れにユリウスの髪をこうして編んだことがあった。子供の頃のユリウスは、本当に女の子のように可愛らしかったのだ。

「ねえ、もっと別の髪型もやってみて！」

クリシェルの可愛いわがままに、私は笑顔で従った。髪を整えながら、貴族として相応しい身だしなみやタブーについて実体験も交えて話すと、彼女は思った以上に素直に話を聞いてくれた。

「――がいたら、こんな感じかしら」

鏡を見つめながら、クリシェルは小さな声で呟いた。

すぐにはっとした顔をしたから、無意識だったのだろう。彼女は鏡越しに私の顔色を窺《うかが》い、聞かれなかったと知ってほっとしたようだった。

——本当のお母様がいたら、というその言葉は私の耳にしっかりと届いていたけれど。

クリシェルの母親は、クリシェルを産んで間もなくに亡くなったのだという。長年公爵家に勤めているという執事が教えてくれた。

「大変仲のいいご夫婦でしたから、旦那様はそれはもうひどい落ち込まれようでした」

貴族で仲のいい夫婦というのはなかなか珍しいが、その愛する妻を早くに亡くしたというギルバートに私は同情した。

私もイアンを今喪《うしな》ったらと思うと、先の人生のことなど考えられなくなってしまう。

私の知るギルバートは、公爵家の当主として、イアンの兄として、穏やかで優しい人物である。

だがその執事は、クリシェルがあのように癇癪《かんしゃく》持ちに育った環境について、ためらいがちにではあるがギルバートについて言及した。

「旦那様はお嬢様のことになると、冷静な判断ができなくなってしまうのです。上級使用人がそれとなくお嬢様の教育方針について意見しても、なかなかお聞き入れにならず……」

要は、父一人子一人で甘やかし放題のままここまで来てしまったという内容であった。

更に公爵家の屋敷に住むようになってわかったことだが、ギルバートは公爵として忙しくクリシェルと過ごす時間を満足にはとれていなかった。食事も一緒に取ることができるのは週に半分ほどで、どうしても毎日とはいかないようだ。

母もなく、これではさぞ寂しいだろう。

教育係としてきちんと距離を取るべきと思っていたが、私はたまらずクリシェルと一緒に食事をとりたいと願い出た。

幸い、私はイアンの婚約者だ。現在の身分では許されないことでも、大概のことは許容してもらえる。

初めて一つのテーブルで食事をした時、クリシェルはひどく戸惑っていた。

「お食事のマナーを学ぶために、これから食事の際はご一緒しますね」

「なによそれ。食事中にうるさくされたら料理がまずくなるわ」

そう言いつつも、クリシェルはそれ以上拒絶の言葉を口にしなかった。

それからは口うるさくならない程度に、食事のマナーについて実践《じっせん》しながら彼女と夕食を共にした。

クリシェルは喋《しゃべ》りながらの食事にあまり慣れていないようだった。それでも水を向けると、少しずつ話してくれるようになった。食べ物の好き嫌いから始まって、色々な好きな物、嫌いな物、たくさんの話をした。

今までギルバートは、自分が不在でも娘が寂しくないよう、年頃の近いメイドたちを彼女につけていた。その結果、メイドたちを取り巻きのようにしてクリシェルは増長していた。

だがメイドたちでは、食事を共にすることはできない。そこには身分差という深い溝が横たわっているからだ。

私はギルバートに対し、不器用な人だなという思いが日増しに強くなっていった。クリシェルと打ち解けるほどに、その思いは強くなるばかりだ。

「いくら教育係でも、人様の家のことに口出しするべきじゃないわよね」

何度も自分にそう言い聞かせるが、父の不在を知り寂しそうな顔をするクリシェルを見るたびに、なんとも言えない気持ちになるのだ。


屋敷に来てひと月が経《た》ち、クリシェルは私の存在にすっかり慣れた。

今ではすぐ怒ることもなく普通に会話できるし、癇癪を起こさなくなったので各種の専門家が呼ばれ花嫁修業が本格化してきている。

花嫁修業といっても、彼女が受けているのは市井《しせい》の女子が受けるそれとは大きく異なっている。

将来の王妃として恥ずかしくないよう、内容は主に語学や各国の情勢。それにカノープスの風習や王家の歴史などについてだ。

私も知らないことが多いので、この機会にと机を並べて一緒に専門家たちの教えを受けている。

「あなたも一緒に勉強するの？」

最初にそうした日、クリシェルはひどく驚いていた。

「自分でできもしないことを、あなたにやりなさいとは言えません。きちんと閣下に許可はいただきましたよ？　教師の方たちは普通なら直接教えを受けることなど考えられないような方たちばかりです。この機会は逃せません」

さすが公爵家が用意した教師陣なだけあって、私でも知っている著名な人物ばかりなのだ。ダメもとの申し出だったが、ギルバートが許可してくれてよかった。

王妃の侍女として、そしてイアンの妻としても、知識を学び見識を深めることは重要だ。それを無料で受けさせてくれるというのだから、この役目を受けて初めての役得といってもいい。

どんな理由があったにせよ、私を教育係に指名してくれたクリシェルには感謝だ。

「いけませんでしょうか？」

もしや隣でいい歳の大人が学んでいては気が散るのかと思い問い返すと、クリシェルはなんとも言えない顔をしていた。

「別に、そうは言わないけど……」

そう言って、彼女は煮え切らない態度のまま机に向き直っていた。

そして隣で授業を受け始めてみると、クリシェルは思った以上に優秀な少女だということがわかった。

まず頭がよく、なんでもすぐに吸収してしまう。記憶力も要領もいい。

むしろだからこそ、なんでもすぐに飽《あ》きてしまい今までの教育係を追い出してしまっていたようだ。

勿論まだまだむらっけがあり、授業を休みたがるのも一度や二度ではなかったが。

そんなある日、いつものように鏡台に向かうクリシェルの髪を結っていると、彼女が思わぬことを言い出した。

「あなたと初めて会った日、お父様にひどく怒られたの」

初めて会った日というと、私がクリシェルに女狐《めぎつね》と呼ばれた時のことだろう。

正直なところ、教育係を始めてからあの日のことはすっかり忘れてしまっていた。なにせ悪口は言われ慣れているので、いちいち気にしないということが習慣づいているのだ。

それに王宮の陰険な陰口《かげ》に比べたら、クリシェルの正面切っての悪態など気にもならない。

むしろ、そのことを気にしているのは私よりもイアンのような気がする。

あの日以来クリシェルの教育係をする私を気にして、頻繁《ひんぱん》に手紙が届く。短い文面で、こちらを労《いたわ》るような文面が続く。本人は忙しいようで、あの日以来会えていないのだが。

「あんなに怒ったお父様を見たのは初めてだった」

その言葉に、私は驚いてしまった。

私の記憶の中では、ギルバートは笑ってこそいたものの怒っているようには見えなかったからだ。それに私はすっかり、ギルバートはクリシェルに対して甘いのだと思い込んでいた。そのギルバートが怒ったのだというのだから余程のことだ。

話しているというよりはむしろ独り言に近いのか、クリシェルはこちらの反応を待たずに言葉を続ける。

「それにね、叔父様も怒鳴りつけたりはしなかったけど、ずっと怖い顔してた。私を責めるようなことは何も言わなくて、ただなんであんなことを言ったんだって何回も聞くの。あの目にじっと見つめられると怖くて、いっそ怒鳴られた方がましだって思った」

どうやら私の知らないところで、ルーカス公爵家には色々と波乱があったらしい。

少女に向かって真面目な顔で問いかけるイアンが目に浮かぶようだ。

あの人は相手が子供であろうと誠実に対応しようとする。それで詰問するような対応になってしまったのだろう。

泣く子も黙る騎士団の副団長がいたいけな少女を詰問する様は、想像するとなんとも居たたまれない。私がその場にいたら、もう気にしなくていいからやめてくれと懇願《こんがん》したことだろう。

「小さい頃から、叔父様はよく私の遊び相手になってくれたの。母親がいない子が可哀相《かわいそう》だとでも思ったんでしょうね。いつもお土産《みやげ》を買ってきてくれて、私の言うことはなんだって聞いてくれた。

私は叔父様が大好きよ。でも、最近の叔父様はわからないことばかり。突然ふさふさのお髭《ひげ》を剃《そ》ってしまわれて、髪もあんなに短い！　まるで知らない人みたい。私、叔父様が変わってしまったのはあなたのせいだと思ったの」

どうやらそれが、彼女の暴言の理由であったらしい。

確かにクリシェルにしてみれば、ずっと親しくしていたイアンの突然の変化に面食らったことだろう。私だって初めて見た時は大層驚いたのだ。

「イアン様は、あなたのことを変わらず大切に想っておいでですよ」

「そうかしら？」

「ええ。あの日の帰り道、私にそうおっしゃっていました」

私がそう言うと、鏡の中の少女がにやけそうになるのを必死にこらえていた。

こちらも思わず笑ってしまいそうになる。

「髭のないイアン様はお嫌ですか？」

そう問いかけると、クリシェルは少し考えるそぶりをした後、照れくさそうにこう言った。

「いいえ。かっこいいと思う」

初めて、この少女と意見が一致した気がした。

イアンと会うことができたのは、私が教育係を始めてからしばらく経ってからのことだった。

久しぶりに見る彼はなぜだか暗い顔をしていて、疲れのせいか目つきがきつくなっていた。

滞在している公爵家の応接室で向かい合う。ここは彼の実家なのに私が出迎える側なのはなんだかおかしい。

そんなことを考えていたら、もっとおかしなことが起きた。

イアンが挨拶するよりも早く、私に抱き着いてきたのだ。

「な！　ななな
っ」

さすがにこれには驚いてしまって、私はしばらく反応もできなかった。

私の耳元で、イアンの深いため息が聞こえた。

「無事でよかった」

「何をおっしゃってるんですか。あなたのご実家ですよ？」

別に戦地に赴《おもむ》いていたわけでもあるまいし、イアンの反応は明らかに大げさだ。

私が抵抗するように胸板を軽く押すと、イアンはゆっくりと体を離す。

「すまない。この家にはあまりいい思い出がないから……」

そう言われると、少し切なかった。イアンの少年時代があまり幸せではなかったと、私はギルバートに聞いて知っている。

「イアン様……」

心配になってしまいその顔を見上げる。まっすぐ見つめられると、彼の青い瞳に吸い込まれそうになる。

「ごほん」

すっかり存在を忘れていたが、イアンを案内してきた執事が威厳ある咳《せき》払いをした。私は慌ててイアンから離れた。

「せっかくお帰りになられたのですから、ゆっくりと座ってお話しになっては」

笑顔で執事に促《うなが》され、私たちはソファに向かい合って腰を据える。

イアンは少し不満そうな顔をしていた。基本的には無表情なので、わかりにくくはあるのだが。

「今日は話があってきた」

「なんでしょう?」

「我々の結婚を、少し延期することになるかもしれない」

思いもよらない話で、私はざっと血の気が引く。

「それは……なにか私に至らない点があったのでしょうか?」

もしくはクリシェルが嫌がったから――とか。

最近のクリシェルならば、もしかしたらちゃんと話せばわかってくれるかもしれない。

この十日間の間に、何がイアンを心変わりさせたのかと必死で考えを巡らせた。

せっかく叶った恋だ。簡単にわかりましたと言って、手放すことなどできない。

「いや、君に問題など何一つない。クリシェル相手にとてもよくしてくれていると聞いているし、これは俺の問題なんだ」

どうやらクリシェルの態度が理由ではないようだ。

では一体なぜかと不思議に思っていると。

「昨日、正式に内示があった。俺はひと月後クリシェルのカノープス訪問に際し、護衛隊の指揮を任される」

「ひと月後？　そんな、無茶です！」

クリシェルがカノープスの王子に嫁ぐことになるかもしれないという話は聞いていたが、ひと月後に訪問するという話は初耳だった。

「急に決まった話だ。クリシェルもまだ知らない。今頃兄が話していると思う。君には俺から直接話したいと言って黙っていてもらったんだ」

この十日間、私はほとんどの時間をクリシェルと行動を共にしていた。

なのでクリシェルは知らないというイアンの言葉に嘘《うそ》はないと思う。それほど期日が迫っているのならこの公爵家でも準備等が始まっていそうなものだが、その様子もない。つまり本当に急に決まった話だということだ。

いくら内々に結婚話が持ち上がっているとはいえ、この決定はあまりにも急すぎる。クリシェルは王族の姫の代わりにカノープスの王子の婚約者候補となった。つまり王族の代わりにカノープスを訪問するということだ。

普通王族かそれに準じる人間が隣国を訪《おとな》うとなれば、両国間で綿密な協議が行われる。外交官ですらパレードをして歓迎の意を表すことがあるのだ。両国間の力関係の問題もあるが、それこそ警備や日程の段取りなど決めねばならないことは無数にある。

通常ならば、一年時間をかけても長すぎるということはない。さすがに国王でもなければ一年はかからないかもしれないが、どちらにしろそれほど気を遣う出来事なのは確かだ。

いくら隣国で近年は友好的であるとはいえ、この決定はあまりに常識外れだ。

「理由はわからないが、カノープス側の意向らしい。外交部も断ることはできないと」

イアンは沈痛な面持ちで言った。

「ならばせめてと、自分からこのお役目を申し出たんだ。君が言った通り、ひと月で表敬訪問の準備をするなど、無茶だ。入念な準備がなければ、必ず警備にもほころびが出るだろう。俺は叔父として、クリシェルのために同行したいと思う。遠く離れた地では、なにかがあっても守ってやれないから」

そのために、きっと色々な無理をしたのだろう。私はイアンの疲れた表情の訳を知る。

「勝手に決めてしまって、本当にすまない……」

申し訳なさそうな顔をしているのは、結婚が先延ばしになるような決定を自分一人で決めてしまったからか。

私とて残念には思うが、相応の理由があれば反対などしないのに。

「そんなの、当たり前じゃありませんか」

「え？」

「家族なのでしょう？　守りたいと思うのは当たり前です」

私だって、両親や弟のためなら多少の無理はする。一応イアンには相談するだろうが、反対されたとしても突っ走る自信がある。

「結婚など、いつでもできます。今更一年や二年延びたところで、どうということはありません」

「いや、そんなに延期する必要はないんだが……」

驚いたような顔で、イアンが言う。

驚いている割には冷静な返しだったような気もするが。

「それよりも、ぼやぼやしている暇はありません！　クリシェル様がご出発なさるというのなら、私も準備をいたしませんと」

私は立ち上がると、茫然《ぼうぜん》とするイアンを置いて部屋を出ようと扉へ向かった。

恋人と面会するサンドラから、クリシェルの教育係としての自分に勝手に頭が切り替わる。

「準備？　君が？」

投げかけられた問いかけに、私は振り返って言った。

「教育係ですもの。私も一緒に行くに決まっているじゃありませんか！」

「なんだって⁉」

背中から悲鳴じみた声が聞こえたが、その時の私はそれどころではなかった。


「ほんっとうに信じられない！」

イアンの言葉通り、クリシェルもまた私と同時にカノープス行きを知らされたようだった。

その荒れようは凄《すさ》まじいもので、部屋の中にある高価な小物を手当たり次第に投げていた。

「落ち着くんだクリシェル」

ギルバートはクリシェルを落ち着かせようとしていたが、その試《こころ》みはどう見てもうまくいっていなかった。

彼はただただ、娘を扱いかねて困惑している様子だ。

とにかく誰かが怪我《けが》をする前にクリシェルを止めなければと焦っていると、後ろからイアンが追いついてきた。

「クリシェル……」

イアンが声をかけようとしたその瞬間、

「お父様は結局、私のことが邪魔なんでしょう！」

少女の叫びに、部屋の中の時間が停《と》まった気がした。

ギルバートは明らかにショックを受けている様子だった。

「どうしてそんなことを」

「私がお母様を殺したからっ、私のことなんていらないんだわ！」

クリシェルがそう叫んだ瞬間、おろおろと立ち尽くしていたギルバートがまっすぐ娘に歩み寄り、彼女の頬を張った。

それはあっという間の出来事で、私やイアンが止める暇もなかった。

私たちはどちらも、まさかギルバートがそんなことをするなんて予想すらしていなかったのだ。

だから対応が遅れた。

「ひ、ひどいわ！」

クリシェルは火が付いたように泣き出した。まるで赤ん坊のように手足を振り回し、己の喉《のど》が破けるのも構わないとでもいうような泣き声だった。

ギルバートもまた、己のしたことが信じられないとでもいうように自《みずか》らの手を見つめていた。

このままではいつまで経っても解決しない。

「と、とにかくイアンはギルバート様を。クリシェル様は私が」

私はイアンと分担して二人を落ち着かせることにした。私の手だけでは余るので、ちょうど近くにいたメイドの力を借りてクリシェルの体の動きを封じる。途中叩かれ引っ掻《か》かれで全くひどい有り様だった。私は貴族令嬢ではなく野生動物を相手にしているのかもしれないと半ば本気で考えてしまったほどだ。

ぐずぐずと泣きながら、クリシェルは私の腕の中で血を吐くように吐露した。

「お父様、否定なさらなかった。やっぱり私が嫌いなのだわ。私がお母様を奪ったから……っ」

彼女はその小さな胸に、いつからそんな疑念を抱いていたのだろう。否定することは簡単だが、付き合いの短い私が否定したところで、きっと彼女は信じない。

私はただただ、胸が痛くなった。

ギルバートが本当にそのようなことを考えているとは思わないが、彼女がこう思い込むからには、ギルバートの態度にも問題があったのだろう。

事実、彼女は私に暴言を吐いたことで、初めて叱《しか》られたと言っていた。

それは裏を返せば、他のどんなわがままも怒ることなく許してきたということである。実際、彼はマナーなどの基準を考えずクリシェルが欲しいと思うものを無秩序に与えていた。彼女が以前に着ていた夜会服などがいい例だ。

そしてそれだけのことをされていても、クリシェルは自分が愛されていないと感じていた。

「ねえサンドラ。あなたが私のママになってよ」

縋《すが》るようにそう口にされ、私はなんと答えたらいいのかわからなくなってしまった。

泣きつかれてやがて眠ってしまったクリシェルの顔を見ながら、私は母になれなくとも、この子のために何かしてあげたいと考えるようになっていた。

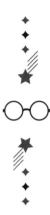

ある日、私に来客があった。

私が公爵家にいることを知る人は多くないので、正直なところ来客を知らされた時は大変驚いた。

知らせに来てくれた執事と一緒に応接室に向かうと、応接室の外にはなぜか若いメイドが集まっていた。

正直、その段階で少し嫌な予感がしていた。

このようなシチュエーションには覚えがある。

そして予想通り、そこにいたのは大変見覚えのある人物だった。神秘的な紫色の瞳に、緩くウェーブした金髪。

「姉さん！」

私とは似ても似つかない弟の姿がそこにはあった。私が部屋に入ると、ユリウスはソファから勢いよく立ち上がる。彼はそのままの勢いで私に抱き着いてきた。

「黙って城からいなくなるなんてひどいじゃないか！」

開口一番、ユリウスから飛び出したのは文句だった。

「と、とりあえず離れて」

大きくなったせいで力加減ができないのか、弟の抱擁《ほうよう》は大変息苦しかった。私は苦しさに耐えかねてユリウスの腕の中から抜け出すと、興奮した弟をどうにかなだめようとした。

いい歳をして、子供の頃のように抱き着いてくるのだから困ってしまう。

「ユリウス。あなたどこでここのことを聞いてきたの？」

私がここにいることを知っているのは、イアンの他は王妃と侍女頭くらいである。別に隠していたわけではないが、わざわざ話すことでもないだろうと今日まで話さずにきた。

「聞くもなにも、カノープス行きの名簿の中に姉さんの名前を見つけて、慌てて副団長から聞き出したんだ」

ユリウスは現在、イアンが副団長をしている青星《せいせい》騎士団に所属している。

カノープス行きの名簿を見たということは、この弟もイアン率いるクリシェルの護衛隊に選出されたということか。

「じゃあ、あなたもカノープスに？」

ユリウスは不満そうに頷いた。

どうにかテーブルを挟んで向かい合うと、お茶を出すためにメイドが一人部屋の中に入ってきた。先ほど部屋の扉にへばり付いていたうちの一人だ。よく見たら、ここに来た当初クリシェルの傍仕えをしていた少女だった。

私の客にまでお茶を用意してくれるのはありがたいが、彼女の目的は間違いなく弟だろう。少女はユリウスを見ながらうっとりとしていたが、弟はそんな視線に慣れているのか一顧だにすらしなかった。

この弟が恋にうつつを抜かす日はまだまだ遠そうだ。

「そうだよ。それで姉さんを止めに来たんだ」

「止めに？」

ユリウスは少女が部屋から出て行くのを待って、真面目な顔になり言った。

「悪いことは言わないから、カノープス行きはやめた方がいい」

「どうして？」

理由もなくこのようなことを言う弟ではない。

「わかっているだろう？　危険すぎる」

「そうは言うけれど、カノープスはそれほど危険な国ではないでしょう？　近年になってからは友好関係を結んでいるし、それにただの旅行とは違うのよ？」

今回の訪問は、カノープスの王子とクリシェルの婚約前の顔合わせがメインだ。急に決まったと

はいえ、ある意味両国間の国家事業だ。いくら情勢が不安であるとはいえ、そこまで警戒すること
なのだろうか。
するとユリウスは、盗み聞きを恐れてか声をひそめて言った。
「僕がカノープスとの国境地帯まで演習に行っていたのは、姉さんも知っているだろう？」
少し前まで、ユリウスはイアンと一緒に演習のため王都を空けていた。彼らが帰ってきたのは、
私がトーマスとの婚約を破棄したその日のことだ。
「それは知っているけれど……」
「その時にね、カノープスの貴族が亡命を求めて野営地に来たんだ」
その話は初耳だった。実際に亡命していたとすれば、さすがに私の耳にも入ってきそうなものだ
が。
「その貴族はなんて名乗ったの」
「確か……カルデリウスって名乗ってたと思う」
私は最近学んだばかりの知識を頭の中でひっくり返す。カルデリウスというのは、カノープスと
シリウスの国境沿いにある土地の名前だ。おそらくその貴族というのは、その土地を統治する貴族
なのだろう。
現代でこそ和平を結んでいるが、先代の国王の代までシリウスとカノープスは幾度も戦争を繰り
返してきた。その国境地帯を代々任されている貴族となれば、軍事力を持つ辺境伯であるに違いな

い。

そして家庭教師から学んだカノープスの貴族名鑑の中には確かに、カルデリウス辺境伯の名があった。

「その貴族はどうなったの？」

「それはわからないけれど、この国にいないところを見るとあちらに引き渡されたんだと思うよ。問題は、そのことが全く公になっていないことだ」

「確かに、そんな話は聞かないわね」

「でしょう？　亡命が失敗したとなればあちらで処分なりなんなりされそうなものなのに、その話も聞かない。絶対におかしいよ」

ユリウスの言い分はわからないでもない。

いくら他国とはいえ隣国なのだ。あちらの宮廷の事情は多少であれば入ってくる。大貴族が亡命に失敗したとなれば大騒ぎになりそうなものだが、それがない。クリシェルが師事しているカノープスに詳しい学者も、そんな話はしていなかった。

一体、あの国では何が起きているのか。

しかしユリウスの言うことがわかるからといって、今更カノープス行きをやめる気にはならなかった。

「忠告ありがとう。でも、カノープス行きをやめることはできないわ」

むしろそんな危険な場所に、クリシェルだけを行かせることなどできない。私では戦いの場で何もできないとしても、なにか一つくらいは役に立てることがあるはずだ。

「姉さん……」

ユリウスはまるで捨てられた子犬のように悲しそうな顔をした。

私が一度決めたらそう簡単に曲げはしないと、弟もわかっているのだ。

「それに、あなたとイアンがどんな時も守ってくれるって、信じてる」

冗談めかして言うと、ユリウスは苦い笑いを浮かべた。

「本当に世話の焼ける姉さんだ」

それからしばらく近況について報告し合い、弟は暗くなる前に帰っていった。


カノープス行きを知らされてから、あっという間に三週間が経った。出発まであと一週間を残すのみだ。

クリシェルが感情を爆発させたあの日から、彼女はあれほど大好きだった父親と一切口を利かなくなった。ギルバートの方も、クリシェルを避けているようだ。

ついでに、なぜか私までクリシェルから避けられている。せっかく打ち解けてきていると思っていただけに、これは少しショックだった。

私は二人の不器用すぎるやり取りに、もどかしさを感じていた。

だが踏み込むこともできなかった。ほんの些細《ささい》なきっかけで、二人の関係が壊滅的に破壊されてしまうのが怖かったのだ。

この状況を考えれば、クリシェルがカノープスに行くことで、一定の冷却期間を置くことができるのはそう悪いことではないとすら思い始めていた。

私も実家を出て王宮で働き始めた頃、何度も家族を恋しく思い、そして自分を育ててくれた両親の苦労を思い感謝したものだ。

まだ幼いクリシェルにそれを求めるのは間違っているかもしれないけれど、離れてみてわかることもある。

同時に、ギルバートにも時間が必要だ。

彼も一度冷静になって、娘との付き合い方を見つめ直すべきだ。

取り返しがつかなくなる前に。

あの日以来、クリシェルはとても無口になった。授業も実践的なものを急いで詰め込む形式に変わったが、嫌がるでもなく大人しく受講している。

以前の彼女の態度がまるで嘘のようだ。

「カノープスはまだ寒いのかしら」

窓の外を見ながら、クリシェルが何気ない口調で言った。

シリウスではそろそろ夏を迎えようかという頃合いだが、カノープスはシリウスよりも北にある。

「到着する頃にはさすがにあったかくなっておりますよ」

いくら隣の国とはいえ、さすがにこちらの王都からあちらの王都に行くとなれば時間がかかる。途中船旅を挟んで二週間ほどだろうか。

クリシェルのための荷造りで、今屋敷内は大わらわだ。だが、荷造り以外にもやらなければいけないことはたくさんある。

「イアン様をお連れしました」

イアンを迎えに行っていた執事が、部屋の中に入ってくる。その後ろには見慣れた姿があった。その顔は緊張で少し硬くなっている。

「叔父様！」

文字通り、クリシェルはイアンに飛びついた。

昼餐《ちゅうさん》用とはいえ、よくドレスを着てあんなに激しい動きができるものだ。

イアンも驚いていたが、彼は屈託のないクリシェルの様子にほっとしたのか、硬くなっていた表情を少しだけ緩めた。

「元気にしていたか。クリシェル」

「ええ。叔父様は元気にしてらした？」

クリシェルを片腕で軽々と抱き上げて、イアンは困ったように微笑《ほほえ》んだ。

「クリシェルに会えなくて寂しかったよ」

イアンの返事が予想外だったのか、クリシェルは機嫌よくくすくすと笑い出す。

「いやだわ叔父様。ご自分の婚約者の前で、他の女にそのようなことを言ってはダメよ」

この言葉に、イアンは唖然《あぜん》としていた。もっとも私とて、彼と同じような顔をしているに違いなかったが。

イアンはおずおずとクリシェルを下ろすと、私の方を見た。

未だにこうして見つめられることに慣れていない。正直なところ。

「その……元気にしていただろうか？」

「え、ええ……」

ぎこちなくなってしまうのは、仕方のないことだと思う。

「そ……そろそろ本題に入りましょう！」

気まずさに耐えられなくなって、私は無理やり話を切り上げてしまった。

クリシェルは別室に移り、私は付き添いの教育係として、イアンは護衛隊隊長として自然と仕事モードに切り替わる。

「凄いな。もうクリシェルの身の回りのことを把握しているんだな」

イアンが感心したように言った。

なにを今更と、私は苦笑する。

「引き受けたからには、きちんとしませんと」

相手が誰であれ、いい加減な仕事をするのは嫌だ。

「それに、クリシェル様の力になりたいのです。今は」

はじめは侍女の仕事を休んでまで来ているのだから、成果を出したいという思いがあった。もしかしたらイアンの家族に認められたいという下心もあったかもしれない。

でも今は純粋に、クリシェルの力になりたいと思っている。

大人の事情に振り回される彼女を見ていると、余計に。

「……正直、今君がこの家にいてくれて本当によかったと思っている。あれから考えたんだ。兄は決して、クリシェルを恨んではいないと俺は思う。ただ、クリシェルがそう感じた理由もわからなくはない。兄は、亡くなった義姉《あね》のことをとても愛していたから」

イアンの口からクリシェルの母の話を聞くのは、これが初めてだった。

「義姉が亡くなった時、兄は誰とも口を利かなくなった。産まれたばかりのクリシェルと二人になって、茫然としていたように思う。俺もできる限りのことはしたけれど、とても助けになれたとは思えない」

それほどまでに、ギルバートの悲しみは深かったのだろう。

政略結婚が多い貴族の中にあって、深く愛し合っていたという夫妻は珍しいと思う。

ただ、その愛の証《あかし》であるクリシェルは、自分が父に憎まれていると思い込んでしまった。こんな悲劇があるだろうか。

「俺も君を得たことで、あの日の兄の気持ちが少しだけわかるようになった」

思わぬ言葉に目を向けると、青いまっすぐな瞳と目が合った。髪と同じシルバーブロンドの長いまつ毛。

「君がそんな風になったらと思うと、俺でも子供を育てられる自信なんてない」

「それは……」

おそらくイアンのことだから、真剣に自分がギルバートの立場だったらどうしただろうかと考えたのだろう。

その気持ちはわからなくもない。

「でも、こんな状態で一番お辛いのは、きっと亡くなったお義姉様《ねえ》ではないでしょうか」

少なくとも私なら、辛いと思う。

夫と我が子に、幸せに暮らしてほしいと願っているはずだ。

だからこそ、せめてクリシェルになにかしてあげたいと感じるのかもしれない。

イアンは目を伏せると、しばらく部屋の中に重い沈黙が落ちた。その沈黙からは、イアンが私の言葉をどのように受け取ったのか察することはできなかった。

「出過ぎたことを……」

謝ろうとした、その時だった。

イアンは顔を上げると、私の言葉を遮《さえぎ》った。

「謝らないでくれ。本当に、君には感謝しているんだ」

長い手が、私の膝にあった手を攫《さら》っていった。彼はそのまま、私の指に口づける。

らしくない甘い仕草に、眩暈《めまい》がした。

「な……な！」

私の動揺を、イアンは無視すると決めたようだ。

「こんなことを言えば失望されるかもしれないが……君にずっと会いたかった」

「そんな」

「どんどん貪欲《どんよく》になっている気がする。恋にうつつを抜かしている場合ではないというのに。呆れたか？」

こんなことを聞かれて、一体誰がうんと言えるだろう。

「そんなことは、ありませんが」

「以前はただ、君を見ているだけで幸せだった。けれど今は、一日離れただけで恋しくなる」

上目づかいで私を見つめるなんて、本当にずるい人だ。

彼は名残《なごり》惜しげに私の手を放すと、静かに言った。

「だから必ず、君と結婚する。君とクリシェルのことは絶対に守る。なにがあってもだ」

私ははっと我に返り、これから向かう国は絶対に安全な場所ではないのだと、自分の気を引き締めねばならなかった。

◆◆◆

夕暮れの冷たい風が吹く中、ギルバートは一人王都近くにある墓地に佇《たたず》んでいた。

ここにはギルバートの母と、そして最愛の妻であるクリスティーヌが眠っている。

「私は間違っていたのかな」

亡き妻の墓石に向かって、彼は語りかけた。

娘から投げかけられた言葉は、彼に多大なるダメージを与えていた。娘に初めて暴力を振るったこと。そしてなにより、娘の言葉をすぐに否定できなかった自分自身に失望していた。

妻を失って途方に暮れたあの日から、ギルバートは娘を幸せにするということに心血を注いできた。二人の愛の結晶であるクリシェルを、妻の分まで愛するのだと決めていた。

そのために領地を豊かにし、何不自由のない生活をさせることに心を砕いてきた。家を空けることも多かったが、決してクリシェルを蔑《ないがし》ろにしたつもりはなかった。

だが、娘に愛を疑われていた。あろうことかクリシェルは、自分を愛していないのだろうと泣いていた。

そんなつもりはなかったのに——いや、本当になかったのか。

ギルバートは己に疑念を抱いた。理由をつけてクリシェルの世話を使用人に任せきりにしたのは、自覚がなかっただけで、娘を憎んでいたからではないのか。

小さな疑念は、振り払おうとすればするほど大きくなっていった。だからこそ、クリシェルの言葉を胸を張って否定することはできなかった。すぐに否定してやるべきだったのに。

そうしてクリシェルを避けている間に、あっという間に彼女がカノープスへ赴く日がやってきた。伝えなければいけないことがたくさんあるはずなのに、ギルバートは結局それができなかった。

ただ無難な言葉をかけて送り出すことしか。

ギルバートは要職にあり、共にカノープスへ赴くことはできない。弟とその婚約者が娘と共にあることが、せめてもの救いだ。

ギルバートは夢想する。

再婚していれば、あるいはなにか違ったのだろうか。

たとえ生みの母ではなくとも、母がいればクリシェルは苦しまずに済んだのだろうか。

公爵であるギルバートには、多方面から幾度も再婚の勧めがあった。理由は簡単だ。新しく妻を娶《めと》り、次代公爵となる子を儲《もう》けろというのだ。

ギルバートの子はクリシェル一人きり。しかもクリシェルは女だ。女では爵位は継げない。

頭では、再婚した方がいいことはわかっている。

だがしかし、ギルバートはどうしても新たな妻を娶ることに抵抗があった。

その理由は、弟のイアンである。いや、正確には弟のイアンに対する母の仕打ちを、長年傍で見続けてきたからとでもいうべきか。

イアンは公爵だった父が余所《よそ》で産ませた子供である。そのこと自体は、貴族としてさほど珍しいことではない。

貴族のほとんどは政略結婚だ。身に流れる血によって結婚相手が決まる。では自由に恋愛などできないように思われるかもしれないが、恋愛遊戯《ゆうぎ》という言葉があるように、子を儲けて血を次代に繋《つな》げるという仕事を済ませれば、そのあとは比較的自由なのである。夫も妻も、公然と家の外に恋人を持つ。

しかし、ギルバートの母はそうではなかった。

そもそも母は公爵家でも無下にすることのできない侯爵家の娘で、父に惚《ほ》れ込んで半ば無理やりに結婚したという背景がある。

ギルバートが物心ついた時には既に両親の仲は冷え切っており、父は家を空けていることの方が多かった。

それでもまだ、母はギルバートには優しい母だった。

彼女が決定的に変わってしまったのは、父の愛人の忘れ形見である、イアンが家にやってきてからだ。

それから母は、なにかにつけてイアンを虐《いじ》めるようになった。あれは、虐めるなどという生易しい言葉では許されないかもしれない。記憶にある限り、幼い弟はいつも怯《おび》え泣いて暮らしていた。

はじめの頃は、ギルバートもイアンを庇《かば》っていた。

だがギルバートが庇うことで母の凶行が悪化すると気づいてからは、母の目を避けて小さな手助けをすることくらいしかできなかった。

やがてイアンは、母から逃げるように従騎士となった。イアンが家を出て、母も少し落ち着いた。

だが怒りをぶつける相手がいなくなったからか、使用人に強く当たっていたようだ。幾人もの使用人が辞めていき、そのことでもギルバートは頭を悩まさねばならなかった。

つまり何が言いたいのかというと、ギルバートにとって家庭とは常に心休まる場所ではなかったということだ。

母が死ぬ少し前、ギルバートは妻を娶った。当たり前のように政略結婚だった。

クリスティーヌは穏やかな人で、驚いたことに母との折り合いもよかった。いつも笑顔を絶やさない優しい人で、女性は気性の激しいものと思っていたギルバートは大層驚いたものだ。

彼女が初めて、ギルバートに穏やかな家庭をくれた。

そして政略結婚としては珍しいことに、彼は本気で妻を愛した。

クリシェルが産まれた時、どれほど嬉しかったか。妻に似た容姿を持つ娘。おそらくそれが、ギルバートの幸せの絶頂だった。

妻は産後の肥立《ひだ》ちが悪く、幼い娘を残して流行《はや》り病であっさり亡くなった。

母は既に亡く、広大な屋敷にはギルバートと幼い娘だけが残された。

家の中は再び、冷たく寒々しい場所となった。ギルバートは自分の中心に大きな洞が空いたように感じた。

空疎《くうそ》な日々の中で、たまに顔を見せてくれと冗談めかしてイアンに言ってみたところ、弟は生真面目に毎週顔を見せるようになった。

未だに他者を拒絶するように髪と髭を伸ばし続ける変わり者だが、意外なことに娘はよく弟に懐いた。二人の不器用な交流を見ていると、ギルバートの洞は少しだけ埋まるような気がした。

ギルバートの中には今も、イアンを母から守ってやれずすまなかったという気持ちがある。そして同時に、思うのだ。

もし自分が新しい妻を娶ったら、その女はクリシェルを我が母と同じように虐《しいた》げるのではないかと。

結局、ギルバートが再婚しない理由はそれに尽きた。

愛する妻の忘れ形見を、新たな妻が虐げるかもしれないと思うと再婚など絶対にできなかった。

大人になってもまだ過去を引きずる弟を見るたび、その思いは強くなるばかりだった。

自分にはクリシェルがいる。男子がいなくとも、いつかクリシェルに優しい婿《むこ》を貰《もら》って公爵家を継いでもらえばいい。

ギルバートはそのように考えていた。

彼の計画が崩れたのは、王家からクリシェルの結婚について打診があったからだ。

結婚相手は、未だ情勢の安定しない隣国カノープスの王子。大変利発で、順当にいけば次代国王になるのは彼だと言われている。

本来なら喜ばしい話だ。王家の姫に代わっての結婚ということで、国から様々な補償がなされる。

だがそんなこと、ギルバートに何の関係があるだろうか。クリシェルは愛する人の忘れ形見だ。

幸せになれるかもわからないのに、隣国に送り出すことができるかと思った。

ギルバートの気が変わったのは、愛する人を経て別人のように変わった弟を見たからだ。ずっと伸ばしていた髪を切り、髭を剃った弟が結婚したいと言って連れてきたのは、弟のために泣いてくれるような優しい女性だった。

永遠に残り続けるかと思われた傷も、新たな出会いで癒《い》えることはあるのかもしれない。

ちょうどその頃、幾人もの教育係をやめさせる娘に不安を覚えてもいた。娘は感情の抑揚が激しく、自分で自分を持て余しているように見えた。

そして使用人を叱りつける娘の顔が、母のそれと重なって見え身震いがした。

本当にこのままでいいのか。もしかしたら娘は、その身分でもって他者を苦しめた母のようになるのではないか。自分がしていることは、母のような女性をもう一人生み出す行為だったのではないか。

ギルバートは悩んだ末、条件付きという形でクリシェルのカノープスへの輿入《こし》れを部分的に受け入れた。

彼が付けた条件はたった一つ。クリシェル自身が嫌がった場合、結婚話は白紙に戻すこと。

果たして本当によかったのかと、今も迷うことがある。

「君ならなんて言うかな」

妻の墓前に花を手向《たむ》けながら、ギルバートは独りごちる。

そしてこうして墓に向き合って、改めて気づくことがある。

「クリシェルのことがなくても、やっぱり再婚なんてしたくないな」

それが義務とわかっていても、やはり気が進まない。クリシェルのことを抜きにしても、新しい妻など欲しくないのだ。

なんて貴族とは不自由なものかと、ギルバートは思う。

爵位というものを、周囲はありがたがる。絶えず届き続ける招待状の山。パートナーのいないパーティーに出るのはもうたくさんだというのに。

「クリシェルまでいなくなったら、私は……」

ギルバートの呟きは、風の中に消える。弟にすら吐露することのできない弱音だった。

「今は祈るしかない。あの子の無事を」

孤独な公爵の言葉は、誰の耳にも届くことはなかった。ただ死者の園に空しく響くのみだ。

第三章　旅先にて

カノープス王国への旅は、短い準備期間の割に恙《つつが》なく進んだ。それは旅程の大半が船旅だったからだろう。

運よく天候が荒れることもなく、私たちを乗せた船は順調に旅程を消化していった。

だが、危険はなかったものの予想外の事態が起きた。

カノープスの王都から最も近い港で船を下りると、なんとクリシェルの婚約者候補であるユーシス王子が迎えに来ていたのだ。

「ようこそカノープスへ。あなた方を歓迎します」

初めて会うユーシス王子は、十二歳の緑色の目が印象的な少年だった。髪は柔らかそうな栗《くり》色で、華はないがとても聡明そうな顔立ちをしていた。

彼は膝《ひざ》をついてクリシェルの手をとり、その指先にキスをした。

泡を食ったのは大人たちだ。

シリウス側はまさかユーシス王子が自《みずか》ら出迎えに来ているなど予想すらしていなかった。

王族の代理として、そして婚約の前段階としての訪問とはいえ、まさかそこまでの歓迎を受けるとは考えていなかったのだ。

「はじめまして」

船旅中ずっと船酔いに悩まされていたクリシェルはひどく疲れ切っており、王子との初対面はとても静かなものとなった。

沈黙が続いていたので、助け船を出す。

「申し訳ありません。クリシェル様は体調が朝から思わしくなく……」

国王級の会談なら私が割って入ることなどできないが、今回はお目付け役としての役割も担《にな》っているので許されるかと思ったが、そうではなかった。

王子に付き従っていた額《ひたい》に傷のある男が、私を睨《にら》みつける。黒髪黒目で、傷こそあるもののユリウスやイアンとはまた種類の違った美丈夫だ。異国出身なのか、彼は褐色《かっしょく》の肌をしていた。

「使用人の分際で口を挟むとは、無礼だろう」

王子は片手の小さな動きのみで男を制すると、私に問いかけた。

「あなたは？」

「差し出口を挟みましたこと、お詫《わ》び申し上げます。クリシェル様の教育係を務めます、サンドラ・テレス・グローバーと申します」

私は謝罪の意を込めて、デビュタントの時と同じくらい深く腰を屈めた。

早速王子の気分を害していたらどうしようと思ったのだが、彼は優しく私の謝罪を受け入れた。

「いや、どうやら気がせいてしまったようだ。今日はゆるりと休まれよ」

こうして、短すぎる対面はあっという間に終わりを迎えた。

カノープス王家の紋章が入った馬車が用意され、向かったのはこの港町を治める領主の館だった。館といっても、見かけは城だ。港を任せられるだけあって有力な貴族なのだろう。その館も内装からなにから実に立派なものだった。

クリシェルに用意されたのは、客室の中でも最上級と思われる一室だ。

私はその部屋の続きの間で休むことになった。

うつらうつらと船を漕《こ》いでいるクリシェルの身支度を整え、ベッドまで誘導すると早々に寝てしまった。まだ足元が揺れている感じがするらしく、夕食は食べたくないそうだ。

明かりを落とし部屋の中が静まり返ると、遠くからざわめきが聞こえてきた。このざわめきは大広間からで、今日はクリシェルの無事の到着を祝い、随伴《ずいはん》の外交官や護衛騎士をねぎらう宴《うたげ》が開かれている。これはあちらから申し入れがあったもので、思わぬ歓待にシリウス側は皆驚き喜んでいた。

扉の外に立っているはずの護衛と申し合わせをするため扉を開けると、部屋の外には当番の騎士の他にユリウスがいた。

「どうしたの？」

「ちょっと来てくれる？」

騎士たちにクリシェルが就寝した旨《むね》を伝え、訝《いぶか》しみながらもユリウスに促《うなが》されるまま廊下を歩く。

たどり着いたのは一階の大広間が見渡せる階段ホールだった。

大広間では酒や食事が供され、華やかな祝宴が繰り広げられている。王子は主賓《しゅひん》の席に座り、この館の主《あるじ》と思われる貴族から歓待を受けていた。若いながらに、その姿は堂に入っている。

「ここになにかあるの？」

見せたいものがあって案内したはずだが、ユリウスは真剣な顔をして黙り込んでいた。

大広間を観察しながらユリウスの言葉を待っていると、驚いたことに弟は私の腰を抱いて密着してきた。

「ちょ、突然何を」

「あそこを見て」

私の抵抗に構わずそう言ってユリウスが指さしたのは、大広間の一角だった。私はそこに、先ほどの額に傷のある男が立っていることに気がついた。私のように王子のお目付け役なのかと思ったが、王子の傍《そば》を離れているということは違うのだろうか。

男は館の関係者と思《おぼ》しき人々と談笑している。

「あの男に注意するようにって、副団長からの伝言」

私にだけ聞こえるような小さな声で、ユリウスは囁《ささや》いた。副団長というのは、護衛隊の隊長であるイアンのことだ。

「それは、周りに知られるとまずいことなのね？」

私もまた、小さな声で囁き返す。

もしこの光景を見た人がいても、羽目を外した騎士が侍女を口説いているようにしか見えないはずだ。

ユリウスは小さく頷《うなず》き返す。

あの男に注意しなければいけない理由はわからなかったが、ユリウスの言葉なら信用できる。

私は目を凝《こ》らして、しっかりと男の顔を目に焼き付けた。

その時だった。

「ついに尻尾《しっぽ》を出したわね！　このくるくる頭！」

怒りを湛《たた》えた声が響き渡る。驚いて振り返ると、そこに立っていたのは夜着姿のクリシェルだった。

「くるくる!?」

弟が素《す》っ頓狂《とんきょう》な声を上げる。私の髪はストレートなので、おそらくクリシェルの言葉はユリウスに向けられたものなのだろう。

「そんなにくるくるしてたら将来絶対はげるんだからね！　さっさとサンドラから離れなさいよ。サンドラにはとっても素敵な婚約者がいるんだから。あんたなんかお呼びじゃないのよ！」

クリシェルは絶叫すると、私とユリウスの間に無理やり体をねじ込ませ、げしげしとユリウスを足蹴にした。

「は、はげ……」

ユリウスは美少女から吐き出される妄言にかなりショックを受けていた。

私もしばらく呆気《あっけ》にとられていたが、はっとして大広間の様子を窺《うかが》う。宴の雑音に紛れてそれほど目立ってしまった様子はないが、近くにいる幾人かは何事かとこちらを見上げていた。これではせっかく密《ひそ》かに知らせに来てくれたユリウスの苦労が無駄になってしまう。

「クリシェル様。きちんと事情をお話ししますから、今はとりあえずこちらへっ」

私は早口でそう言うと、了承も得ずにクリシェルの口を押さえ抱え込んだ。顔を上げると、彼女の部屋の方から見張りの騎士たちが追いかけてきているのが見えた。どうやらクリシェルは彼らの目を盗んで部屋を抜け出したようだ。

改めてその行動力の高さに驚いてしまう。

それから私たちは、人目を避けてクリシェルに割り合てられた部屋に駆け込んだ。

今度こそしっかりと見張りをお願いして部屋に入る。その途端、腕の中でクリシェルが暴れだした。

私は彼女の口を塞ぎっぱなしだったことを思い出し、慌てて手を離す。

「いつまで塞いでるのよ！」

怒りもあってか、クリシェルの顔は真っ赤だった。

「見損なったわサンドラ。あんたが叔父様を愛してることを疑ったことなんてなかった」

クリシェルは悲しげな目をしていた。

今にもその大きな目から涙が零《こぼ》れそうだ。

「誤解ですクリシェル様」

一体全体どうしてこうなったのか。この時の私は未だにわけがわからず慌てていた。

「なにが誤解よ！　あんたに会うためにこの男が屋敷に来たって、私知ってるんだから」

またしても、クリシェルはユリウスを指さして叫ぶ。

確かに、ユリウスが私を訪ねて公爵家に来たことはある。だがその時クリシェルは、ユリウスに会ってはいないはずだ。彼は私と話をして早々に帰っていった。

「アネットが教えてくれたの。金髪で紫の目をした青星騎士団《せいせい》の男があなたに会いに来てたって。出会い頭《がしら》に抱きしめ合って、だからきっと秘密の恋人に違いないって！」

アネットというのは、ユリウスにお茶を運んできた例の少女だ。元はクリシェルの傍仕えをしていたから、告げ口をしようと思えばいくらでもできただろう。

だが、あの時ユリウスは確かに私を姉と呼んでいたから、アネットの報告の仕方は悪意があると思った。どうやら彼女を傍仕えから外したことで、私は恨みを買っていたらしい。

「カノープス行きの護衛に青星騎士団の団員が参加することはわかってたから、もしかしたらその中に浮気相手がいるのかもしれないって思ったの。船では一緒にいるところを見なかったからアネットの思い違いだと思ってたのに、まさか本当に浮気してたなんて……」

クリシェルの目から大粒の涙が零れ落ちた。

船酔いでふらふらになっていたのに、まさか彼女が私を見張っていたなんて思わなかった。だから私に対する態度もおかしかったのかと、今更ながらに得心する。

私は慌てて手巾《しゅきん》を取り出し、頬《ほお》を伝う涙を拭《ぬぐ》った。

「落ち着いてくださいクリシェル様。この男は私の弟です」

クリシェルは青い目を大きく見開き、私の顔とユリウスを何度も見比べた。

「嘘《うそ》よ！　あなたたち全然似てないじゃない」

今までに何度も見てきた反応だ。大丈夫。今更こんなことで焦ったり傷ついたりはしない。

ただ、姉弟《きょうだい》である証明というのはなかなかに難しい。信頼できる第三者に請け負ってもらわねばならないからだ。

そんな時、タイミングよくイアンが訪ねてきた。

どうやら先ほどの騒ぎがあったので、見張りの一人が気を利かせてクリシェルの叔父であるイアンを呼んできてくれたようだ。

「一体何があったんだ？」

イアンから見れば、例の男を警戒するよう伝令に出したユリウスが姪《めい》に捕まっているのだ。何事かと思うのも無理はない。

「実は――」

事情を説明すると、イアンはなんとも言えない顔をした。

彼はクリシェルと目線を合わせるために膝を折ると、言った。

「クリシェル。サンドラの話は本当だよ。この二人は姉弟だ」

「本当に？」

まだ信用ならないのか、クリシェルの目には疑念の色が浮かんでいた。

「俺が、部下に恋人を取られる間抜けに見えるのか？」

私は思わず悲鳴が漏れそうになり、自分の口を押さえた。ユリウスだけでなくイアンを呼んできた騎士も聞いているというのに、一体何を言っているのかこの人は。

「それは、思わないけれど……」

イアンは薄く笑ってクリシェルの髪を撫《な》でる。

「本当にそんな男が現れたら、全力でサンドラを奪い返すから心配しなくていい。疲れているだろう？　あとは俺に任せて、クリシェルはゆっくり休むといい」

子供に何を言うのだと怒鳴りつけそうになるのを、必死でこらえる。

ユリウスや騎士たちからは、呆《あき》れなのか憐《あわ》れみなのか、なんとも言えない視線を向けられ居たたまれない。もうクリシェルを寝かしつけるどころか、私の方がベッドにもぐりこんでしまいたくなった。

最近のイアンは、言動が甘い。

長い間男性に縁のない生活を送ってきた私には、あまりにも甘すぎるのだ。

だが私の恥を犠牲として、なんとかクリシェルは私とユリウスが姉弟だと信じてくれたようだった。やはり叔父であるイアンの言葉は大きかったらしい。

長い一日を終えてすっかり疲れ切っていた私は、最後の力を振り絞ってクリシェルを寝かしつけることに成功した。

無事クリシェルの誤解も解けて、すぐに彼女の態度も軟化した。どうやら本当に、私の浮気疑惑のせいで態度を硬化させていたようだ。

そして翌日、改めてユーシス王子との対面が実現した。

礼儀にかなった最も豪華なドレスを着せ、薄く化粧を施《ほどこ》す。するとクリシェルはまるで絵画に描かれる天使のように愛らしくなった。

金色の髪が日光を浴びてきらきらと光る。

「あなたに会えたことを光栄に思う。ようこそ我がカノープスへ」

王子は寛容な笑みを浮かべ、クリシェルを歓迎した。

しっかり寝て疲れが取れたのだろう。クリシェルもこの日のために練習したお辞儀を返す。彼女の態度はとても堂々としていて、カノープス側からも感嘆の声が漏れていた。

私は誇らしい気持ちになった。少し前まで礼儀に反したドレスを着ていた女の子が、今日は大勢の前で誰に恥じることなく見事なカーテシーを見せている。

「昨日は失礼いたしました。改めまして、シリウスから参りました。クリシェル・エバンズ・ルーカスと申します」

十二歳のユーシスと十歳のクリシェルが並ぶと、とてもお似合いのカップルに見えた。

あとは、この結婚が二人にとって幸せなものになるのを願うばかりだ。

儀礼的な顔合わせが済むと、クリシェルは部屋に戻って自由にしていいことになっていた。自由といっても、下手に外を出歩くのは危険なので、行動範囲は領主館の中に限られていたが。

王都への出発は、なにやら王子の事情で遅れるらしい。急いで移動する必要がなくなったので、随行員たちは何をしていいかわからず戸惑っていた。

一方私は基本クリシェルにくっついていればいいので、忙しいというほどでもない。

もし彼女が黙って街におりたいなどと言い出したら、全力で止めなければいけない立場にいるわけだが。

私のそんな危惧《きぐ》をよそに、思いもよらぬ提案があった。それは顔合わせをしたばかりのユーシス王子が、非公式にクリシェルと会いたいと言い出したのだ。

「どうなさいますか？」

使者の前で尋ねると、クリシェルは少し考えた後小さく頷いた。

「サンドラと一緒なら会うわ」

というわけで、ご指名を受けて私もその会談の場に立ち会うことになった。

はたして、王子は本当にクリシェルに会いにやってきた。それも、連れてきたのは側近一人きりという、なんとも無防備な状態で。

しかも、その側近は骨折したのか右腕を布で吊るしていた。これでは護衛としては役に立たないだろうに。

ありえないことではあるが、もしここでシリウス側が王子を亡き者にしてしまおうと考えたら、簡単に可能になってしまうわけだ。勿論《もちろん》そんなことは絶対にないのだが。

つまり何が言いたいかというと、おそらくこの会談をカノープス側は知らないのだろうなということだった。知っていたら、許可など出すはずがない。絶対に反対するはずだ。

疑念を持ちつつ、私は会談の準備をした。立ち会いの人物はできるだけ少なくという要望が王子側からあったので、この場には警備責任者のイアンと私。それに今回のカノープス訪問団の実質的な代表者として、外交官のハノーバー伯爵が同席した。彼は宮廷では実直な人物として評判で、同時にギルバートとは旧知の仲なのだそうだ。

ギルバートは自分が来られない代わりに、クリシェルの周囲を自分の信頼できる人間で固めたのだろう。

「あまり硬くならないでくれ。あらかじめ報《しら》せてあった通り、これは議事録を残さない非公式な会談だ」

開口一番、王子は言った。

「この男はジョエルという。私の一番信頼している側近だ」

そう言って、ユーシスは傍《かたわ》らにいた青年に目を向けた。黒髪を後ろで一つにくくった青年は、ユーシスほどではないがまだ若い。

そうして挨拶《あいさつ》がひと段落すると、クリシェルとユーシスが向かい合ってソファに腰掛け、会談が始まった。

私たちはクリシェルの後方に立ち、ジョエルも同じくユーシスの後ろに立っている。

そして私を見て、ユーシスは意味ありげにニコリと笑った。

「クリシェル嬢がこの会談を受け入れた条件が、あなたを同席させることだと聞いた。余程信頼されているらしい」

クリシェルの出した条件は、正確に王子まで伝わっていたようだ。

もしや気を悪くされただろうかと危惧したが、そうではなかった。

「どうやら誤解は解けたようですね」

「——と、言いますと？」

ユーシスの言葉の意味がわからず、ハノーバー伯爵が聞き返す。

「昨夜、クリシェル嬢がひどく興奮してあなたの恋人に食ってかかっていたという報告があった」

血の気がひくというのはこのことだろう。

ここまで問題なくやり過ごせたと思っていたのに、まさかクリシェルが暴発した瞬間をしっかりカノープス側の関係者に見られていたとは。

私はこの場で失神してすべてをなかったことにしたいと思ったが、そんなことできるはずもなかった。

「い、いえあれは……！」

そう口にしてから、自分の弁解をしてどうすると頭の中の冷静な自分が突っ込んだ。

私の浮気疑惑などどうでもいい。問題はクリシェルがただの大人しく可憐《かれん》な美少女ではないと王子にバレてしまったという点だ。

どうしていいのかわからず、私は咄嗟《とっさ》にハノーバー伯爵を見た。

伯爵は昨日のことなどご存じないので、王子の言葉の意味がわからず戸惑ったような顔をしている。

「なあんだ。バレてたの」

「クリシェル様！」

あろうことかさっさと事実と認めてしまったクリシェルに、私は頭を抱えたくなった。

クリシェルの教育係になってから起きた様々な出来事が、頭の中に浮かんでは消えていく。もう何もかもおしまいだ。婚約は破棄され国交は断絶。私は稀代《きだい》のダメ教育係として歴史に名を残すことになるだろう。しかもバレた原因が実の弟との浮気疑惑。最悪オブ最悪だ。

動揺のあまり最悪の想像を加速させていると、突然ユーシスが笑い出した。それもお腹《なか》を抱えて、耐えきれないとでもいうように。

「あっはっはっはっは！　そんな今にも死にそうな顔をしないでくれっ。はは、はーはー」

王子の笑い声はしばらく部屋の中に響き渡っていた。

ジョエルが苦い顔をして、無事な左手でこめかみを押さえている。

「殿下。そのように笑っていては話が進みません。クリシェル様方も困っておいでですよ」

呆れてはいても戸惑う様子はないので、もしかしたら王子の笑いが止まらなくなるのはそう珍しいことではないのかもしれない。

だとしたらとてつもなく笑い上戸《じょうご》な王子なのか？

昨日の落ち着き払った王子の様子が目に焼き付いているだけに、目の前の王子が果たして本物なのかと疑いたくなってしまう。

顔は全く同じだが、もしやよく似た双子という可能性もあるのだろうか。

たっぷり三十秒ほど笑い続けた後、王子の笑いはようやく沈静化した。

だが彼はひどい酸欠になっており、それからたっぷり三分は休憩の時間を取らねばならなかった。

まともに話ができるようになった頃には、クリシェルなど退屈して自分の髪を指で遊び始めていた。せっかく丹精込めてセットしたというのに。

もともと王妃の侍女なので高貴な方々の会談に立ち会うのには慣れているが、これほど先が読めない話し合いもそうそうない気がする。

「失礼した。あなたの顔があまりに面白かったものだから」

改めて理由を言われても、私にはどうしようもない。ただわかることは、今私が浮かべている笑顔はおそらく引き攣《つ》っているだろうなということくらいだ。

だが私よりもクリシェルの方が、ユーシスの発言に機敏に反応した。

彼女はすかさず立ち上がると、目の前のテーブルに両手をついて叫んだ。

「やめてよ。サンドラで遊んでいいのは私だけなの！」

「ク、クリシェル様」

狼狽《ろうばい》したのはハノーバー伯爵だ。

勿論私だって慌てているが、むしろ色々ありすぎてとっくに処理能力を超えている。

「気にしないでくれ。この場は無礼講だ」

ユーシスが鷹揚《おうよう》に言う。

今更大人ぶられても、こちらには先ほど大笑いした時の顔が網膜《もうまく》に焼き付いているわけだが。

「殿下。今日は何用でいらっしゃったのですか？」

イアンが尖《とが》った声で言った。どうやら口を挟むタイミングをずっと窺っていたらしい。

「そうだったそうだった。そう怒らないでくれ。折り入って、君たちに頼みがあるんだ」

「頼み……？」

ようやく本題に入れるかとホッとしていたら。

「そうとも。私をここから、連れ出してほしいんだ」

ユーシス王子が、またしても爆弾を放り投げてきやがった。


想定外のことが多すぎて、もうどうにでもなれという気持ちだった。

「一体どういうことなのですか！」

一番動揺しているのはハノーバー伯爵だった。

他人が動揺しているのを見ると、逆に冷静になれた。冷静になれたところで、王子の要求はちっとも理解できなかったが。

「有り体《てい》に言うと、私は命を狙われている。それも、この行啓《ぎょうけい》の最中でね」

部屋の中の空気が凍った。

これは大変な話だ。

もし王都へ向かう途中に王子が暗殺されたら、間違いなく両国の関係は悪化する。それは間違いなく断言できる。

「そうおっしゃるからには、根拠がおありなのですか？」

ハノーバー伯爵はどうにか持ち直し、王子に尋ねた。するとジョエルが一歩前に進み出て、吊っていた腕の布を外した。彼が腕を固定していた包帯を巻き取ると、そこから一枚の羊皮紙が出てきた。

添木を外しても平気そうにしているので、最初から偽装だったのだろう。

「これは、先日そちらに亡命を企《くわだ》てたカルデリウス辺境伯が、助命を嘆願するために差し出した物です」

私ははっとした。ユリウスが言っていた貴族のことだ。

羊皮紙の表面には、いくつもの名前がサインされていた。家庭教師に教えられたカノープス貴族の名前だ。その中にはカルデリウス辺境伯のものと思しきものもある。

そして上部には、『我ら裏切りを許さず、国を正しき道に導かん』と書かれていた。

「それはまさか……」

羊皮紙が何であるか悟ったのか、イアンの声に焦りが混じった。

ユーシスがこくりと頷く。

「これは国の裏切り者たちが、互いに裏切らぬよう名を書き連ねた誓約書だ」

ぞくりと背中が冷たくなった。

大人びていると思っていたが、ユーシスがあまりにも冷静に裏切りについて語るものだから、余計に不気味に思えてくる。

「この者たちが、殿下を狙っていると？」

ハノーバー伯爵の問いに、ユーシスは頷いた。

「我が国の恥部を晒《さら》すようだが、父の王位はまだ盤石《ばんじゃく》ではない。我が叔父レイモンドは王位を狙い反乱を準備している。カルデリウスは叔父を支持し誓約書にサインしたが、強引なレイモンドのやり方に危機感を覚え事が起こる前にそちらに亡命しようと考えたのだ」

その時のことを思い出しているのか、イアンは苦い顔をしていた。ユリウスは演習先で遭遇したと言っていたから、共に演習に向かったイアンもカルデリウス辺境伯の亡命の瞬間に立ち会ったのだろう。

「それでは、レイモンド殿下がユーシス殿下の暗殺を計画していると？」

ハノーバー伯爵の問いに、ユーシスは頷いた。

「昨日そちらに礼儀がなっていないと怒鳴りつけた男がいただろう」

それは昨日、イアンの命を受けたユリウスから注意するように言われた、額に傷のある男のことだろう。

「あの男はデリック・ウィストンといって、剣の腕一本で平民から成り上がった人物だ。父はこの男を信頼し、私の護衛に任命した。だが、この誓約書によってデリックの裏切りも判明したというわけだ」

確かにジョエルの持つ誓約書を見てみると、他の流麗なサインに対し不器用な字でデリック・ウィストンと書かれていた。おそらく大人になってから文字を覚えたためだろう。

「あの男は隙《すき》を見て私を亡き者にする気だ。父は老齢でもう子供は望めない。私が死ねば王太子になるのは叔父上だ。そして今の私の護衛責任者はデリック。いつでも殺してくれと言っているようなものだ」

この時になって初めて、ユーシスの顔には笑みではない、悔しさや悲しみのようなものが滲《にじ》んだ。彼が年相応の部分を見せた気がした。

「この腕は、実際に殿下が宮廷内で襲撃を受けた際に負傷したことにしていました。利き腕を怪我していれば、敵が油断するかと思いましたので」

腕の感覚を確かめながら、ジョエルが付け加える。

次々に明らかにされるカノープス側の事情に対し、シリウス側は絶句していた。

ユーシスの言葉を全面的に信じるのは危険かもしれないが、彼の言葉には筋が通っている。

なにより、彼が私たちにこんな嘘をつく理由がない。

「ならばどうして、危険を冒《おか》してまで私を迎えに来たのですか？」

ずっと黙っていたクリシェルが、突然声を上げた。正直こんな話に興味はないだろうと思ったので、その質問は意外だった。

ユーシスはそんなクリシェルを直視できなかったのか、目を伏せた。

「父は……この誓約書を信じなかった。叔父上やデリックのことを信じ、すべてはカルデリウスの妄言だと判断なさったのだ」

そう語る表情は悔しげだった。

「では、この名簿に名のある人間は野放しに？」

「カルデリウス辺境伯だけは内々に処分されました。爵位自体は遠縁の人間が継ぐことを赦《ゆる》されましたが」

平坦な口調でジョエルが語る。

辺境伯がしたことを考えれば、むしろ温情のある処置だと言える。通常国家反逆罪は公開処刑の上、家も断絶となる大罪だ。王がそれをしなかったのは、カルデリウス辺境伯を国家反逆罪ではなく別の罪で裁いたからだろう。話の流れからいって、嘘の情報によって王家を混乱させた罪などが適当だろうか。

それにしても、これでユリウスが言っていた亡命貴族の情報が明らかになっていない理由がはっきりした。

亡命が失敗しカノープスに引き渡されたカルデリウス辺境伯は、助命を願って誓約書を提出した。ところがそれが原因でむしろ処分の対象になってしまったのだ。

そしてあとに残されたのは、疑念を持つ王子と誓約書。

レイモンドは誓約書をすぐさま処分したかったに違いないが、わざわざ骨折を偽装してまで側近に持たせていたところを見ると、王子が死守したのだろう。

「だから私は、叔父上の企《たくら》みを詳《つまび》らかにするため、あえて王都を離れ自らあなたを迎えに来た。叔父上からすれば、これは絶好の機会だ。私を暗殺してその罪をあなた方に擦《なす》り付ければ、邪魔者を消して更に世論を戦争へと傾けることができる」

「戦争!?」

物騒な言葉に、思わず声が裏返った。

「王族の敵《かたき》討ちとなれば、穏健派も戦争を押しとどめることはできないだろう。叔父上は常々、自分が王であればシリウスに進軍すると吹聴していた」

「レイモンド殿下は戦争推進派なので、軍部からの支持が厚いのです」

「ですがそれだけで、この話を信じろというのは……」

困ったように額の汗を拭いながら、苦言を呈《てい》したのはハノーバー伯爵だった。

「これは大変な問題です。一度持ち帰って国内で稟議《りんぎ》にかけませんと」

どうにか穏便に話を済ませようとするハノーバー伯爵に対し、ユーシスは勢いよく立ち上がった。

伯爵がびくりと体を揺らす。

「これはあなた方に言っても詮無きことだが……この誓約書に名のある貴族たちはそれぞれ必要以上の物資を備蓄していることがわかった。それらを戦争で物価を高騰させたあとに高値で売ることで、不当な利益を得る気なのだ。両国の国民を犠牲にしてっ」

ユーシスの穏やかだった緑色の目に、怒りの炎が宿っていた。

ああこの王子は既《すで》に、国民のために怒ることができるのか。

私は純粋に驚いた。大人ですら、貴族の生活の中にあって平民の生活に思いを巡らせるのは難しいというのに。

「我々から話せる情報はすべて話した。デリックが作戦を実行する前に、あなた方には私を連れて逃げてもらいたい」

「それは、我が国に亡命するということでしょうか？」

ハノーバー伯爵の問いに、ユーシスは首を左右に振って否定した。

「いや。亡命すれば私の王位継承権が失われてしまう。ジョエル。あれを」

ユーシスがそう言うと、今度はジョエルがどこから取り出したのか小さく折りたたまれた紙を取り出した。

折癖のついたボロボロの紙には、この港町周辺のざっくりとした地図が描かれていた。

「ここから北に山を一つ越えると、私の母の実家があるウォッシュフィールドの地だ。今ならば雪もない。数日も歩けばなんとかたどり着くはずだ。隠居してはいるが、お祖父様《じい》なら父の考えをただすこともできるはずだ」

私は頭の中にカノープス王家の家系図を思い浮かべた。

ユーシスの母である現在の王妃は、国内の大貴族であるウォッシュフィールド公爵家から嫁いだはずだ。ウォッシュフィールド公爵はカノープス王国の重鎮であり、長年宰相として国を支えたが、先王の弔《とむら》いを終えると宰相位を返上し領地に帰ったと聞いている。王家の外戚であることも相まって、未だその影響力は健在ということか。

それにしても、とんでもないことになった。

ユーシスは簡単に連れて逃げろと言うが、たとえ彼の言葉が本当だとしても無事ウォッシュフィールドにたどり着かなければ、私たちには王子と共に殺されるか、誘拐犯として拘束されるかという最悪の二択が待っている。それも、もれなく祖国に迷惑をかけるというおまけつきだ。

誰も何も言うことができずに黙り込んでいると――。

「いいじゃない」

クリシェルが、あっさりとした口調で言った。

「クリシェル様!?」

ハノーバー伯爵が悲痛な叫びを上げる。

「要は私たちに命を助けてほしいって話でしょ？　助けてあげればいいじゃない。カノープスの次期国王に恩を売れる滅多にないチャンスよ」

「そう簡単な話ではありません。これは我が国を揺るがす大事件ですぞ」

伯爵は焦ったようにクリシェルを説得しようとするが、彼女は全く意に介さない。

「大事件だから助けるんでしょう？　それに実際にこの人が殺されたら、その方が大変なんじゃないの？」

それは全くその通りなのだが、あまりにも緊張感のない態度や、王子をこの人呼ばわりしたりなど、言いたいことは色々ある。

だが、こうなってはクリシェルは止まらない。

短い付き合いでもそれがわかっていたので、私はもうなるようになれという気持ちだった。

「ハノーバー卿。クリシェルの肩を持つわけではないが、殿下のお言葉は信ずるに足ると思う」

全員の視線が彼に注がれる。

「カルデリウス辺境伯が亡命のために接触したのは、我々青星騎士団でした。これは騎士団内でも一部の者しか知りませんが、カルデリウス卿はカノープスに護送される前、しきりに訴えていたそうです。このまま送り返されては、自分は戦争病デリックに殺される――と。その言葉は今の話と符合します」

イアンがユリウスを介して伝えてきた、デリックに気をつけるようにという伝言。

なるほど。その言葉があったから、イアンは最初からデリックを警戒していたわけだ。

それにしても戦争病とは、なんとも不穏な二つ名である。

「確かに、デリックは一部で戦争病だと噂《うわさ》されているな。戦争を好み、どんな危険な戦場だろうと喜んで飛び込んでいく。戦時には英雄だが、平和な時代には邪魔な男だ」

ユーシスは皮肉げな笑みを浮かべた。邪魔という言葉の重さに、ぞくりと肌が粟《あわ》立つ。

「なんだかあなたって……」

クリシェルはなにか言いかけて、うまく言葉が見つからないのか言葉を途切れさせた。

それからは、一秒でも時間が惜しいというように話し合いが始まった。ユーシスの事情を聞いてしまったからには、もうなにも聞かなかったことにはできない。

途中、クリシェルがうとうとし始めたので私は彼女を連れて退席した。

一体これからどうなってしまうのか。不安な気持ちを抱えたまま、私はじっとクリシェルの寝顔を見つめ続けた。

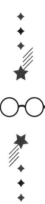

あれから男性陣で相談がなされ、これからの行動について大まかな計画が立てられた。
ユーシスと共にウォッシュフィールドに向かうのは、人数が多すぎると目立つという理由からジ

ヨエル、イアン、そして護衛隊から選抜された数名となった。彼らは山を抜け、ウォッシュフィールドを目指す。

一方で私とクリシェルはこの港で平民のふりをして潜伏し、無事に事が済むのを待つ。護衛としては気心が知れているという理由でユリウスがつけられることになった。

ハノーバー伯爵は敵のデリックの目をくらませるために足の速い船を使い、シリウス王国を目指すことになった。私たちがこの船に同乗しないのは、もし海上で見つかった場合逃げ場がなくなってしまうからだ。

護衛隊の残りの騎士たちは、ハノーバー伯爵と共に船に乗る者と、目立たないように私たちの護衛をする者に分かれた。とはいえ、その数はどちらも多くない。カノープスを刺激しないため最低限の護衛でやってきたことが仇《あだ》になった。

「せっかくドレスをたくさん持ってきたのに」

クリシェルは古着屋で買い揃《そろ》えた平民の服を着て、不満そうにしていた。日焼けの全くない貴族らしい白い肌が、服装から浮いていて違和感がひどい。

なんとか誤魔化すため、模様の入った赤い頭巾《ずきん》を彼女に被らせ、絹糸のような金髪を束ねて極力その中に押し込む。

「クリシェル様。絶対に人前でその頭巾を取ってはいけませんよ」

私がそう言いつけている横で、こちらも平民の服に顔が浮いているユリウスが苦笑いをしている。

「姉さんこそ、その口調を改めなくちゃ。僕たちは若夫婦でクリシェル様はその子供って設定なんだから」

そう。またしても私は弟の相手役を演じることになっていた。といっても今度は、恋人を飛び越して妻の役だ。しかも子持ち。

救いがあるといえば、ユリウスとクリシェルはどちらも金髪なので、親子と言い張りやすいということくらいだろうか。ユリウスは顔が目立ちすぎるという理由から、顔にドーランを塗ってそばかすを散らし、頬に綿を含むことになった。

確かにユリウスなのに、元の顔を見慣れている人間からするとなんだか微妙に違和感がある。

「サンドラ」

声をかけられて振り返ると、そこにはイアンが立っていた。

最初に私たちが館を出て、次にハノーバー伯爵が。ユーシスが主賓である関係で、最後に屋敷を出ることになっている。

危険な役目だ。

クリシェルの手前平静を装っているが、本当はイアンのことが心配で仕方ない。

「ユリウス。サンドラとクリシェルを頼んだ」

「はい隊長。わが命に代えましても」

頬に綿を入れているので、その声は少しくぐもっていた。

これは命に関わる事態なのだと、私は改めて心に刻みつける。当たり前だが、誰にも死んでほしくない。

そして全員無事にシリウスへと帰るのだ。

「サンドラ」

私の前に立ったイアンは、青い目を細めると私の頰に手を這《は》わせた。

「そんな顔はしないでくれ」

どれだけひどい顔をしているのだろうか。カノープスに来てから、なんだか表情について指摘されることが多い。そんなに何でも顔に出てしまっているのだろうか。

今だって、心配をさせないようにと平気な顔をしているつもりだった。

「必ずご無事に帰ってきてください。私も……クリシェル様を守ってみせます」

クリシェルは彼の家族だ。誰にも傷つけさせたりしない。

すると彼は、少しだけ顔を歪《ゆが》めた。その顔が何を意味しているのか、私にはわからなかったが。

彼は私を抱きしめると、耳元で囁いた。

「君も無事で……」

こんな風にされたら、行きたくないと今にも叫んでしまいそうだ。イアンと離れたくないと。

けれど私は大人で、今はクリシェルのお目付け役である。何より、私が一緒では足手まといにしかならないことはわかっていた。

だからこそ、警備の人員が減るのを覚悟して使節団を三つに分けたのだ。イアンたちが最速でウォッシュフィールドに向かうために。

「見せつけないでよね」

足元からクリシェルの声が聞こえた。

慌ててイアンから離れると、クリシェルのことをユリウスが慌てて止めているところだった。

「無事に決まってるでしょ！　私の叔父様なんだから」

クリシェルは私に向かって断言した。

その顔には一片の疑いもなくて、思わず肩から力が抜けてしまう。

「そうですね」

「そうじゃないでしょ？　サンドラは私のママの役なんだから」

自信満々で指摘され、思わず笑ってしまった。その明るさに、私は確かに救われていた。

「クリシェルの言う通りだ」

イアンが柔らかな声で相槌《あいづち》を打つ。

「必ず君のところに帰ってくる」

この言葉を信じ、私はイアンと別れて屋敷を出た。不安なことを挙げればきりがないが、戦争を未然に防ぐためにはどうしてもこの作戦を成功させなければならないのだ。

第四章　作戦開始

王子が忽然《こつぜん》と姿を消したことで、港町は一時騒然とした。

だがその理由が公表されることはなく、怖い顔をした兵士たちが文字通り駆けずり回って王子の行方を探していた。

だがその多くは、海に釘付《くぎづ》けになっていたようだ。

なぜかというと、ハノーバー伯爵がスピードの速い小さな船をいくつも借り上げ、外交官や騎士をそれらに分乗させて海に出たからだ。

後からそのことを知ったデリックはそのうちのどれかに王子が乗っていると考え、自分たちも船で追おうとしたがなかなか難しかった。

それはシリウスまで航行可能な小型船のほとんどをハノーバー伯爵が借り切ってしまったからで、残っていたのは大型船か遠距離の航行に向かない簡素な漁船ばかりだったからだ。

ハノーバー伯爵は外交官だけあって、自国周辺の交通網を熟知していた。それにしても、短時間でたくさんの船を借り上げ船員まで確保した手腕《しゅわん》には舌を巻くほかないが。

窓から望む海には、いく筋もの航跡が走っていた。デリックは無理やり漁船を接収し王子を追うことにしたようだ。

また階下の石畳《いしだたみ》の道を、一昨日私たちを出迎えた兵士たちが走っていく。

「今日はやけに兵隊さんが騒がしいわねぇ」

私たちに部屋の中を案内しながら、この建物の大家をしている老女が迷惑そうに言った。

現在私とユリウス、それにクリシェルの三人は、新たにこの土地に越してきた夫婦として空き家の案内を受けていた。

海の眺めが売りという高台の小さな家で、迷子にならないようクリシェルの手を握る。

先ほどから見るものすべてに興味を惹《ひ》かれるようで、こうしていないとすぐに一人で行動しようとし始めるのだ。

この状況下で不安がらずにいてくれるのはありがたいが、少し落ち着いてくれないとこちらも気が気ではない。

「ご案内いただいてありがとうございます。まだまだこの町には不慣れで……」

ハノーバー伯爵が伝手《つて》のある商会の商人で、別の支店からこちらに移ってきたという触れ込みのユリウスは困ったように言った。

「そっちの子はどうして家の中でも頭巾《ずきん》を取らないんだい？　まさか変な病気なんじゃないだろうね」

迷惑そうに老女が言う。それに怒ったのかクリシェルが前のめりになったので、私は彼女を制するようにぎゅっと手を強く握った。

「申し訳ありません。昼の間はこうしていないと肌が真っ赤に腫《は》れてしまうんです。どうも肌が弱いようで」

私の意を察したのか、クリシェルはギリギリのところで押しとどまったようだ。

老女はしばらくジロジロとクリシェルを見下ろした後、つまらなそうに鼻を鳴らした。

「こちらに決めたいと思います。前金はこのくらいでよろしいですか？」

ユリウスが多めの金額を握らせると、老女は目に見えて機嫌が良くなった。

「まあ、金を払ってくれるならこっちはなんでもいいよ。はす向かいにこの辺の世話役の家があるから、詳しい話はそこで聞きな」

そう言って、金をもらえれば用はないとばかりに足早に去っていった。

家を借りるのはこんなにあっさりしたものなのかと、逆に驚いてしまったくらいだ。私も実家を出てからずっと宮廷暮らしなので、市井《しせい》の暮らしはよくわからない。下手なことを言ってボロが出ないようにしなくては。

大家の老女がいなくなると、クリシェルは待ちかねたように頭巾を外した。

柔らかな金髪がこぼれ落ちる。

「失礼な人ね！　私あの人嫌いだわ」

彼女はそう高らかに宣言すると、腕を組んで不機嫌だと主張した。

この仮暮らしはどうやら前途多難のようだ。

「そんなこと言ってはいけませんよ。彼《か》の方のお家《うち》をお借りするのですから」

視線を合わせてそう言い聞かせると、クリシェルはいじけたように唇を尖《とが》らせた。

「とにかく、彼女が言っていた世話役という方の家に行ってみましょう」

「そうね。そこで買い物できる場所なんかも聞けるといいのだけれど」

ユリウスが取りなすように口を挟んできた。

家具は備え付けなので住むだけならばすぐにでもできるが、生活に必要な細々としたものは新たに買い求めなければならない。

「えー、私は先に買い物に行きたい！」

「クリシェル様。先に挨拶《あいさつ》をしなければダメです。何事も最初が肝心《かんじん》なのですから」

再びクリシェルに頭巾を被らせ、説明された通りはす向かいの家に向かう。この町の家の多くは漆喰《しっくい》の白壁に、明るいオレンジ色のうろこ屋根だ。私たちの借家もはす向かいの家も、その例に漏れなかった。

教えてもらった家に向かうと、ちょうどクリシェルと同じ年頃の男の子が出てくるところだった。

「うちになんか用？」

「お家の人はいる？　あの家に越してきたから、挨拶させてもらおうと思って」

私が指さした先を見て、男の子は顔を顰《しか》めた。

「マジ？　意地悪ばあさんの家じゃんか」

思いもよらぬ反応に、ユリウスと顔を見合わせてしまう。

どうやら先ほどの老婆《ろうば》は、あまり評判のいい人物ではないようだ。短い間なので、トラブルになるようなことはないと思うが。

「おいらの名前はニコル。お前は？」

少年はクリシェルに向けて言った。

相手の態度が気に入らないのか、クリシェルは黙ったままだ。私はそんな彼女の肩に手を置いて言った。

「娘のクリスよ。仲良くしてあげてね」

クリシェルは一体何を言い出すのだとばかりに振り向いた。

「なんで頭巾、かぶってんの？」

「この子は肌が弱くて、日の光がよくないの。だから頭巾がとれないように注意してあげてね」

「ふーん」

ニコルは不思議そうな顔をしていた。

そしてしばらく考えた後、クリシェルの前に手を差し出した。

「これから街で遊ぶんだけど、お前も来るか？」

それは遊びの誘いだった。クリシェルは嫌がるかと思ったが、すぐ少年の手を取ったのでこちらが驚いてしまった。

どうしようかとユリウスの顔を見ると、彼は小さく頷《うなず》いた。

彼以外にも警護の兵が密《ひそ》かについていてくれているので、彼女を行かせても大丈夫という判断なのだろう。

「いってらっしゃい。暗くなる前に帰ってきてね」

私の言葉に頷くと、クリスことクリシェルが嬉《うれ》しそうに走っていく。

なんとなく同じ年頃の子供は好まないような気がしていたので、クリシェルの反応は意外だった。

「じゃあ、今のうちに僕たちは挨拶を済ませてしまおう」

「そうね」

そう言って私たちは目の前のドアをノックした。


老婆の言う顔役の男は、テオと名乗った。港で荷下ろしの采配の仕事をしているらしく、彼自身も全身に筋肉がついていてがっしりとしている。

テオは気のいい男で、妻のローズともども私たちを笑顔で家に迎え入れてくれた。

私たちは念のため偽名を使い、ユリシーズとサブリナと名乗った。

「もうちょっと早かったら、息子も紹介してやれたんだが」

息子とはニコルのことだろう。

「ニコル君のことでしたら、お宅の前で会いましたよ。今は娘と遊んでもらっています」

「そうかい？　迷惑かけてないといいが」

「引っ越してきたばかりなので、仲良くしてくれて助かります」

「こっちこそありがとうねぇ。ニコルがなにかしたら遠慮なく叱《しか》ってやってね」

夫妻から地域の細かな決まり事や注意すべきことなどを聞き、ついでに食材を買いに出るため市場の場所を聞いた。

すると今から行ってもほとんど店じまいしているからと言って、夕食をご馳走《ちそう》してくれると言い出した。

「そんな。さすがにお邪魔なんじゃ」

「いいえぇ。娘さんもニコルと一緒なようだし、遠慮なく食べてって。うちのはよく食べるから、普段からいっぱい作るのよ」

結局、私たちはこの言葉に甘えることにした。この土地に溶け込むには町の住人と親しくすべきだと考えたからだ。

話をしている間にあっという間に夕方になり、心配し始めた頃にニコルとクリシェルが帰ってきた。テオとローズはクリシェルの頭巾に面食らったようだが、肌が弱く外すことができないと説明すると大層同情してくれた。なんだか逆に申し訳なくなってしまう。

さすがにここで暮らしていくのにずっと頭巾を被ったままというわけにもいかず、夫妻の前では頭巾を外すことにした。

金髪は少し珍しい髪色だが、ユリウスも金髪なのでそう怪しまれないだろう。

クリシェルが頭巾を外すと、ローズが感嘆の声を上げた。

「まあなんてかわいいお嬢さんだろうね。お姫様みたい」

私はどきりとした。クリシェルは正真正銘《しょうしんしょうめい》、高貴な身分を持つお姫様に違いなかったからだ。

ニコルなどは、初めて顔を見たからか唖然《あぜん》として顔を赤らめている。

「お、お前、そんな顔であんなひどいこと言ってたのかよ」

遊んでいた時に一体何を言ったのかと不安になるセリフだ。

ニコルの態度が不満だったのか、クリシェルは頬《ほお》を膨らませた。

「なによ。顔と話の内容に関係なんかないでしょ」

「だからってさ〜。そりゃねぇよ〜」

感情のやりどころがなかったのか、ニコルは頭を抱えてしまった。それにしても、少し遊んできただけで二人はかなり打ち解けた様子だ。クリシェルが同じ年頃の男の子と仲良くしているなんて、目の前で見ても信じられないような光景だった。

「いいお友達ができてよかったわね」

思わずそう言うと、照れたのかクリシェルはあらぬ方向に目をそらしてしまった。いつになく子供らしい態度で、おかしくなってしまう。

思わず笑うと、それにつられるようにテオ夫妻も笑い出した。

ローズがふるまってくれたのは、港町だけあって大量に水揚げされたという新鮮な生の牡蠣《かき》だった。これをつるりと生のままでいただくのだそうだ。

牡蠣を食べたことはあるがこんなに新鮮なものは初めてで、私はそのおいしさに驚いた。

一方でローズが言っていた通り、食卓に並んだ牡蠣はテオとニコルによってとんでもないスピードで消化されていく。私とクリシェルは全然食べないのねと、逆に驚かれたほどだ。

こうしてすっかり日が暮れてから、私たちは借家に帰った。

クリシェルは途中で疲れたのか眠ってしまったので、ユリウスに背負ってもらっての帰宅だ。

「こうしていると、なんだか不思議ね」

生きるか死ぬかという状況のはずなのに、ちゃんと平和な市民の顔をしている自分に驚く。

「こんなに一緒にいるのは、姉さんが家を出て以来かな。まさかこんなことになるなんて、思わなかったけど」

ユリウスは苦笑した。

クリシェルをベッドに寝かせ、私たちはダイニングテーブルで向かい合う。蠟燭《ろうそく》の明かりが、ぼんやりと揺れていた。

「イアン様は無事かしら……」

少しでも時間が空くと、考えてしまうのはユーシス王子に同行したイアンのことである。

何か困ったことなどないか。山越えに難儀していないか。デリックに追いつかれてはいないか。

あとからあとから泉のように、心配事が湧き上がってくる。

「副団長なら大丈夫だよ」

私を慰《なぐさ》めるように、ユリウスが言った。

「とてもお強い方だし、今のところデリックの興味は海に向いているようだ。ハノーバー伯爵はさすがだね」

「本当ね。テオさんもローズさんも、親切な方たちでよかったわ。勿論《もちろん》ニコル君も」

私の言葉に、ユリウスはうっすらと微笑《ほほえ》んだ。

今の弟は頬から綿も外して化粧を落とし、本来の美貌《びぼう》のままの弟である。こうして小さなテーブルで向かい合って話していると、なんだか昔のことを思い出す。

私の美しい弟。

彼は私の自慢だった。小さな頃から剣に夢中で、女の子に騒がれてもわき目も振らず剣を振っていた。

あんなに小さかった弟が、今はこんなにしっかりとして私たちを守ってくれている。

そのユリウスが言うのだ。イアンはきっと強いのだろう。そうでなくては、精鋭を誇る青星《せいせい》騎士団の副団長になんてなれるはずがない。

私は自分にそう言い聞かせる。

唯一不安があるとすれば、カノープスがシリウスよりも北にある国だということだろうか。

寒さは春めいているが、標高の高い山に雪は残っていないだろうか。雪解けを終えていたとしても、今度は雪解け水によって地滑りが起こりやすくなる。

これらはここに来るにあたってクリシェルの教師に教わったことだが、こんなことになるまで関係ないだろうと思っていた。災害が起こったとしても、この港町にまで到達することはないからだ。

しかしイアンたちはその山を越えねばならない。

そして私にできることは、クリシェルを傍《そば》で見守りながら彼の無事を祈ることだけなのだ。

「疲れただろう、今日はもう寝てしまおう」

ユリウスに促《うなが》されて、私も眠りについた。夫婦の寝室ということで寝室にはダブルベッドが置かれていて、それ以外に寝る場所はなかった。一緒に寝るのは子供の時以来で、なんだかひどく気恥ずかしかった。

「今日こそ買い物に行かなくちゃ」

生きていくためにはご飯を食べなくてはならない。だが残念なことに、私には料理の知識が全くない。

これでも一応貴族の娘なので、自分でご飯を作るなど考えたこともなかった。私の一番の仕事は料理を運んだり主人が心地よく食事をできるよう気を配ることであって、自《みずか》らの手で料理を作り出すことではないのだ。

一方で、ユリウスは騎士団の遠征で簡単な調理の経験ならあるということだった。なのでこの街に滞在している間は、ユリウスに教わって簡単なものでもいいから自分で作れるようになろうと決めた。

ユリウスができるなら当然イアンもできるということだ。イアンも今頃料理をしていたりするのだろうか。簡単な調理でもできるようになれば、将来イアンの役に立てるかもしれない。

「はじめは簡単なものでいいんじゃないかな。というか、僕も簡単なものしか作れないし」

ユリウスは従騎士の時に、野営時の料理についてみっちり仕込まれたのだそうだ。食事の質は士気に関わるので、特に厳しくするというのが青星騎士団の方針であるらしい。

その話を聞いて、思わず団長のケネスの顔を思い浮かべてしまった。基本的に陽気な人なので、彼が厳しくしているところというのは少し想像しづらい。

クリシェルが迷子にならないようしっかり手を繋《つな》いで、私たちは朝から市場へと向かった。

昨日と同じように頭巾を目深《まぶか》に被りながらも、市場に着くと彼女はあちこちを物珍しそうに見回していた。

「あのお店は何？」

公爵家ともなれば、こうして外で買い物することすらないだろう。何を買うにしても、屋敷に出入りの商人がやってくるのだ。

実際、公爵家でそんな場面を目にしたこともある。

「あれは海鮮類を売っているお店ね。こっちはお肉で、その隣は乳製品みたい」

朝早くから新鮮な食材を求めて詰めかけている人々を見て、私はかなり気圧《けお》されていた。各店で競うように呼び込みをしていたり、大量の荷物を持って歩く人がいたりと、普段見たことのない光景のオンパレードだ。

野菜や果物を扱う店では、それこそ商品が山積みになっていた。様々な色の木の実や、果実。大きな野菜もある。見たことのない品種も多い。

豊かな街だ。

大きな港を有しているため、貿易都市としての側面が強いのだろう。数日前に領主館で開かれた酒宴もかなり贅沢《ぜいたく》なものだった。

私は参加したわけではなく見ていただけだったが、両国の関係者が不足なくもてなされていたように思う。

この地の領主もまた、例の誓約書にサインをしていた。つまりユーシス王子を亡き者にしようとするレイモンド側ということだ。

そんな相手に笑顔で対応していたユーシス王子に、改めて畏怖《いふ》を感じる。

「サ……ねぇ！」

考えに耽《ふけ》り立ち止まっていた私を奇妙に思い、クリシェルが繋いでいた手を引っ張った。

名前を呼ぼうとして、呼んではいけないと踏みとどまったらしい。彼女もまた動揺していた。

「ぼうっとしてると置いてくわよ！」

クリシェルは怒ったように叫ぶ。

ユリウスが笑いながらそれを見ていた。

「どうしたの？　なにか欲しいものでもあった？」

「ううん。色々なものが売ってるんだなってびっくりして」

私の言葉に反応したのか、目の前にあった屋台の店主が声をかけてきた。たくさんの果物や野菜を売る店だ。

「奥さん、最近この街に来たのかい？　王都に一番近い港だから、何でも手に入るんだ！　これなんかどうだい？　南国のあっつい場所の果物で、とっても甘いぜ」

「まあ」

店主の言う通り、それは見たことのない果実だった。皮は黄色く、小さな洋ナシのような形をしている。

「食べてみたい！」

クリシェルが興味深げに食いついた。それに気をよくしたのか、店主が味見用に一つ切ってくれた。

見た目は黄色い瓜《うり》のようだったが、皮は薄く柔らかいようだ。現れたのはオレンジ色のトロリとした果肉だった。

毒味もかねて最初に口にしてみると、癖はあるがとても強い甘みを感じた。

「こんなに甘いのね」

こんな果物は食べたことがない。私は驚いてしまった。それを見ていて待ちきれなくなったのか、クリシェルも切り分けられた果実を口に放り込む。

「凄《すご》く甘いっ」

そうだろうとばかりに、店主はにこにこと頷いている。

「そんなに甘いんだ。じゃあいくつか貰《もら》おうか。店主、三つほど包んでもらえるかい？　他には、これとこれとこれをくれ」

そう言って、ユリウスは料理に使うと思われる野菜をいくつか指さした。

「へぇ！　気前のいい旦那《だんな》さんだ。サービスしとくよ」

店主はたっぷりとおまけをしてくれた。こんな風に店先で立ち食いする経験は今までになかったので、私にもクリシェルにもとても新鮮な経験だった。

私たちの反応が大きかったのか、反応を見て自分もくれと言い出す人までいたくらいだ。

他にも着替え用の服や、生活に必要な細々としたものを大量に買い求め、家まで配達を頼むなどした。手荷物が増えてしまうと咄嗟《とっさ》の時に動くことができないからだ。

こうして家に帰る頃には、昼過ぎになっていた。戻ってからもクリシェルはしばらく興奮しっぱなしだった。市場での経験が、余程新鮮だったに違いない。

今までは全く興味を持たなかった市民の生活が気になったようで、お金の数え方や土地の名品についていくつも疑問を口にしていた。

残念ながら私は専門の家庭教師ではないので、それらのすべてに答えることはできなかった。クリシェルが興味を持ってくれたのはいいが、私ももっと勉強しなければいけないなと思った。

とはいえ無事シリウスに帰ることができなければ、勉強も何もないのだけれど。

今日も一度、街中でユーシスを探しているらしき兵士の一団を見つけた。私は少し緊張したが、彼らはクリシェルに視線を向けたものの、彼女がスカートをはいているのを見てすぐに去っていってしまった。

ユーシスを探すことが第一で、いなくなったクリシェルについてはそれほど熱心には探していないのかもしれない。

帰宅した後は、ユリウスから料理の手ほどきを受けた。

最初の屋台で買った野菜を剝《む》いたり刻んだり。刃物の扱いに慣れているからか、ユリウスの手つきは正確で迷いがない。

私も見様見真似で、野菜の皮むきを手伝った。

驚いたことにクリシェルもやりたがったので、彼女も一緒だ。公爵家であれば、本当に考えられないことである。

「いた！」

私は自分の手元よりクリシェルが怪我《けが》をしないかばかり気にしていて、少し指を切ってしまった。

「僕も最初はよくやったよ」

ユリウスはそう笑って手当てしてくれた。

姉としてなんだか情けない。

クリシェルも、以前であればそんなこともできないのかと笑いそうなものなのに、今日は神妙な顔をして私を見つめていた。

なんだかより一層情けない気持ちになる。

「クリシェル様はお上手ですね。初めてとは思えません」

実際、クリシェルは渡された小刀を器用に使って野菜の皮を剝いていた。慣れていたわけではなく、そもそも器用なのだ。

感心して褒めると、クリシェルは真っ赤になってうつむいた。

「あ、あなたこそ、もっと堂々としてなさいよ！　失敗しても堂々としてろって教えたのはあなたでしょ？」

そう言われて、驚いてしまった。

このお姫様は、私が教えたことをしっかり覚えていてくれたらしい。

嬉しくて、胸の中がぽかぽか温かくなる心地がした。

「本当にそうですね。ありがとうございます」

「お……お礼なんて言われる筋合いないんだからっ」

照れているようで、クリシェルは顔を真っ赤にしてそっぽを向いてしまった。存外この方は照れ屋なのだ。

そんなこんなを経て、無事に具だくさんのスープが出来上がった。といっても、ほとんどはユリウスの功績である。

いつの間にこんなことができるようになったのかと、私はすっかり感心してしまった。

「ユリウスも大きくなったのね」

しみじみそう言うと、弟はなんとも気まずそうな顔になった。

「やめてよ……。一体いつまで僕が子供のつもりでいるのさ」

これには思わず笑ってしまう。クリシェルなどは、わかるわかるとばかりにユリウスの隣で頷いていたが。


翌日から、私の料理探究が始まった。

勿論クリシェルを傍で見守るのが一番の任務だが、この機会に料理をできるようになれればと思ったのだ。

だがユリウスも複雑な料理はわからないと言うので、初日に挨拶したローズを頼ることにした。

「土地の料理を教えていただきたくて」

「あらあら、そうなの？　そういうことなら喜んで！」

ローズはにこやかに応じてくれた。勇気を出してお願いしてよかったと思った。

私が料理を習っている間、クリシェルはいつもニコルと一緒に遊んでいる。キッチンの窓から声が聞こえる距離にいてくれるようお願いして、同時にユリウスは私たちの借家からクリシェルを見守る。

私がローズの家に行くのは、ユリウスの合意の上でもあった。

長年この街に暮らしている住民の家ならば、デリックたちが街中を探しても見つかりづらいだろうと思ったのだ。

だが、あの家で暮らし始めた頃と比べて、街中を探し回る兵士の数は明らかに減っていた。暮らし始めて五日もすると、むしろほとんど見なくなった。

おそらく捜索の大部分は、船で海に出たのだろうと思われた。テオとの世間話で知ったのだが、港で荷運びの采配をしている彼は、お偉いさんが漁船から何から小型の船を借り切ったせいで、大型船から荷物を運び出すのが大変になったと愚痴《ぐち》っていた。この話だけでも、デリックが捜索人員の大部分を海に差し向けていることは疑いようがない。

当初の予定に反し、私たちの仮初《かりそめ》の生活は至極順調だった。クリシェルなどは毎日閉じこもって家庭教師の授業を受けるより余程いいと言い出すくらいだった。ニコルの紹介で、街に暮らす他の子供たちとも仲良くなったらしい。

けれどそんな穏やかな日々は、ある日あっさりと終わりを迎えた。

「さる高貴な方の子供が誘拐された！　街で茶髪の男児を連れた余所者《よそもの》を見た者は、領主様に申し出れば十分な褒賞が与えられるであろう！」

ある日広場に役人が立ち、領主の出したお触れを大声で読み上げた。

茶髪の男児というのがユーシスを指すことは明白である。お触れの中にクリシェルについて言及する部分がなかったのは僥倖《ぎょうこう》だが、ウォッシュフィールドに向かったイアンのことがより一層心配になってしまった。

密やかにこの街を離れたとはいえ、目撃した人物が全くいないとは言い切れないのだ。どうかデリックの関心がイアンの向かったウォッシュフィールドに向かいませんようにと、私は祈った。

一方その頃山越えを目指したイアンは、予想以上の山の険しさに難儀していた。

正確に言えば、難儀していたのはイアンではなくユーシスである。ユーシスはいくら大人びているとはいえまだ少年期にある。なので大人に交じっての山越えは、彼に大きな負担を強《し》いていた。側近のジョエル以外は、皆鍛え抜かれた青星騎士団の精鋭たちである。どんなに頑張ってついていこうとしても、彼らについていくのは容易ではなかった。

ジョエルもまた、王子の側近として特別に鍛えている青年だ。なので実質ユーシス一人が、一団の行程スピードを遅らせていた。人目を避けるため街道とは違う道を使っているのも、要因の一つだ。地元の人間しか使わないような杣道《そまみち》は足場が悪く、慣れていないとなかなか先に進めないのだった。

途中からはもう無理だということで、全員が交代でユーシスを背負い、山を登ることになった。

幸いデリックの目は海に向けられていて、一度も追手の襲撃は受けていない。

だが、予想外の事態はそれだけではなかった。

それは道案内のために雇おうとしていた麓《ふもと》の村の住人が、雪解けを終えたばかりの山は地滑りが起きやすいので山に入ることをかたくなに拒んだことだ。

この計画は、北部の山でも初夏の雪解けの時期を過ぎていれば登れるだろうという前提のもとに立てられた。しかし地元住民の態度は、これから山を登るイアンたちに不安を抱かせるのに十分だった。

だが、だからといって山越えを諦《あきら》めるわけにはいかない。海ではハノーバー伯爵とイアンの部下たちが、命の危険を顧《かえり》みずデリックの注意を引いてくれているのだ。

結局地元の人間から山道の詳しい情報を聞き、食料を買い求め口止めをしたうえでイアンたちは出発した。村人たちは何度もやめるよう訴えたが、イアンたちは止まるわけにはいかなかった。

口止めの効果がどれほどあるかはわからない。遠からず、デリックはこの山の逃走路に気づくだろう。いくらハノーバー伯爵が注意を引いているとはいえ、ユーシスとウォッシュフィールド公爵の血縁を知る者であれば、この経路に思い至るのはそう難しいことではない。

だからこそ、イアンたちは無理をしてでも急いで先に進む必要があった。

山の中で獣除けの火を焚《た》き野営の準備をしながら、イアンは無事この任務を終えるためにどうすべきかということについて、忙しく考えを巡らせていた。

ふとその時、ぱちぱちと爆《は》ぜる焚火《たきび》の傍《かたわ》らで炎を見つめるユーシスの横顔が目についた。疲れを湛《たた》えたその顔には、暗い影が差していた。イアンは少し迷ったが、他の者では身分差から声がかけづらいだろうと、自ら声をかけた。

「何か気になることでも？」

結局、最初の一言は月並みな言葉になってしまった。ユーシスは驚いたようにイアンを見上げた後、静かに視線を炎に戻した。

ユーシスの隣に座り、イアンもまた炎に目を向けた。

野営の際によく作られるスープが、焚火の炎でぐつぐつと煮立っている。

「……予想と現実は違うのだな」

しばらく待っていると、ユーシスは唐突にぼそりと呟《つぶや》いた。

「と、申しますと？」

「私はこの国のことなら、誰よりも知っているつもりでいた。父よりもだ。幼い頃から優秀だと言われ、自分でもそう思ってきた。だから今回の山越えの策も、最善だと思っていた。デリックの追手をかわしながらウォッシュフィールドにたどり着くには、それしかないと」

イアンは黙って耳を傾けていた。もともと、口数が多いタイプではない。

「だが、現実はどうだ。誰よりも先に歩けなくなり、今は荷物のように背負われている有り様だ。雪はないというのにまともな案内も雇えなかった。地元の人間が雪解け後の山を恐れるなど知らなかったのだ」

ユーシスの横顔には悔しさが滲《にじ》んでいた。

どちらも仕方のないことだが、どうにもこの王子は己に求める基準が高いらしい。そんなこと気にする必要はないと言うのは簡単だが、それで王子が納得するとも思えない。

付き合いは短いが、彼には誰よりも次期国王としての矜持《きょうじ》と自負がある。年齢を考えれば立派なことではあるが、その横顔はあまりにも危うい。

「自分には婚約者がいるのですが」

迷った末、イアンは全く違う話をすることにした。

口が達者なケネスならうまく切り抜けられただろうが、どうせ自分は口がうまくないという自覚がある。

イアンの言葉に、突然何を言い出すのかとユーシスは目を丸くしていた。

「彼女はとても真面目な人で、なんでも完璧にこなそうとするのです」

イアンは脳裏にサンドラの顔を思い浮かべた。顔を思い浮かべたら、うっかり会いたくなって困った。

「彼女は私との結婚を躊躇《ちゅうちょ》している様子でした。問題があるなら手助けできるかもしれないと思い、私はその理由を尋ねました」

サンドラの休暇が明けるまで、イアンは休みのたびに彼女のもとを訪れていた。そして気づいたのは、一緒にいると嬉しそうな様子なのに、結婚の話になるとわずかに顔を曇《くも》らせることだった。

「彼女が悩んでいたのは、仕事と家政をどう両立させたらいいのかということでした。彼女は我が国の王妃から深く信頼されている侍女です。妃殿下のお傍に侍《はべ》っていることが多く、そんな自分に家を取り仕切ることができるのだろうかと言いました」

「イアンの婚約者は、結婚しても家庭には入らないつもりなのか？」

ユーシスが驚いたように言う。少なくともカノープスでは、結婚した貴族の女性は家庭に入るのが普通だ。乳母《うば》などの例外はあれど、一度結婚してしまえば外に働きに出ることはほとんどない。

だが一方で、もしや結婚が嫌なのかと気構えていたイアンは、その返答になんだそんなことかと笑った。

「私はほっとしました」

「なぜ？」

「貴族の端くれとはいえ、私は次男です。継ぐべき爵位はありませんし、自宅には信頼できる使用人もおりますので、彼女が何もかも自分でする必要はありません。なので彼女が望むのならば、いくらでも思い通り働いてほしいと伝えました」

長年侍女として頑張るサンドラを見てきたイアンにとって、サンドラの要望は決して不自然なことではなかった。

事実彼女は、その献身から王妃の深い信任を得ている。

王妃とのパイプ作りに、彼女を娶《めと》ろうとする貴族が出るほどに。

「もし私の立場でしたら、殿下はどうなさいますか？」

急に話を振られて、ユーシスは困惑していた。

「私が？　そうだな……」

彼は腕組みをすると、眉をひそめて考え出した。

「違う女性と結婚する——という答えはだめなのか？」

「ええ。私は彼女以外の人間と結婚する気はないので」

イアンはうっすらと笑みを浮かべた。ちょうど話が耳に入ったらしいイアンの部下が、また言ってるよとばかりに苦笑する。

「ならば同じように言うだろうな。全部を一人でやる必要はないと」

「ありがとうございます。殿下もそうだと、私は思います」

イアンがそう言うと、一瞬何を言われたのかわからないとばかりに、ユーシスが目を瞬《またた》かせた。

「すべてを殿下がする必要はありません。殿下が一番の知者でなくとも、知者を招いて問題に応じた知見を尋ねればいい。今も同じです。我々は護衛対象者を護《まも》るために日々研鑽《けんさん》を積んでいます。守るべき方を背負って山を登るのもまた、我々の仕事なのです。そして、殿下には殿下の仕事がございます」

「私の仕事？」

「ええ。私たちがいくら説得しようと、ウォッシュフィールド公爵は王を説得しようとは思わないでしょう。公爵に直接会って説得することこそ、殿下の力を発揮する時です。その時までは、力を温存なさってください」

しばらくの間、ユーシスはイアンの言葉を咀嚼《そしゃく》するように黙り込んでいた。

そしてたっぷり時間を置いた後、彼は呟いた。

「私は貴殿を誤解していたようだ」

「と言いますと?」

「そもそも私は、軍を好かぬ。我が国の軍は、褒賞欲しさに他国を侵略したがる。そしてそれはどの国でも同じだろうと思っていた」

ぱちぱちと焚火にくべた枝が爆ぜる。

「だが、貴国の騎士団は、どうやら違うようだ」

「我々は軍というより、政治的、儀式的な側面が強いですから」

それでも、戦争をしたがる者がいないではないが、団長であるケネスは基本的に厭戦《えんせん》的である。

そしてそんなケネスをイアンは支持している。

「我が国に来たのが、あなたでよかった」

ユーシスはにこりと笑った。それは年相応の、あどけなさの残る笑みだった。

「もったいないお言葉です。殿下」

そう返事をしながら、イアンは思う。自分もまた、変わったのだろうなと。以前のイアンなら、ユーシスに声をかけることすらなかったはずだ。誰かを慮《おもんぱか》るのは苦手で、そのような役目はすべて同期のケネスに押し付けてきた。

だが、自分の姪《めい》であるクリシェルに正面から向かい合おうとするサンドラを見て、考えが変わった。

護衛として久しぶりに長い時間を一緒に過ごしてみて、クリシェルの変わりようは目覚ましいものがあった。

わがままは鳴りを潜め、表面上は意地を張っていても確かにサンドラに懐いていた。

クリシェルの変化が、イアンには嬉しかった。自分の大切な人を大切にしてくれる、サンドラが愛《いと》しかった。

だからこそ、今も落ち込むユーシスに声をかけようという気になったのかもしれない。うまく伝えられたかはわからないが、ユーシスの表情は明らかに先ほどより明るくなった。

あとは無事、山を越えてユーシスをウォッシュフィールド公爵のもとに送り届ける。カノープスはまた荒れるだろう。だが、戦争を好む王が誕生するよりはましだ。

その翌日も、イアンたちは交代でユーシスを背負い、山道を急いだ。

できるだけ荷物を減らすため、食料なども極限まで減らしてある。途中でアクシデントが起こるとそれだけで食料も足りなくなってじり貧になってしまう。

幸いなことに晴天が続き、天気で足止めを食うことはなかった。高地では空気が薄くなり、鍛え抜かれた騎士たちも疲弊《ひへい》していく。

そうして苦労しながらも、イアンたちは何とか登り始めて三日で峠《とうげ》を越えた。山の山頂が領地の境目となっているので、厳密には既《すで》にウォッシュフィールドに入っていることになる。

だが、山の中では安全の保障など皆無だ。追手は勿論のこと、冬眠を終え飢《う》えた動物と遭遇する危険性もある。倒せないことはないだろうが、こちらにはユーシスという非戦闘員がいる。遭遇しないで済むのならそれに越したことはない。

そうして神経を研《と》ぎ澄ませながら山を下っている最中に、事件は起きた。

「こりゃひどい。飲めたもんじゃないな」

それは野営を前に飲み水を確保するため水場を探していた時の出来事だった。

山頂から少し下ったところにある沢の水が濁《にご》っていたのだ。普通湧き水の溜まる沢は水が透き通って質がいいはずなのだが、完全に当てが外れた。雪解け水で水量が多くなっているだけに、残念だ。

手持ちの水にはまだ余裕があるが、麓まで保つかというと心もとない。

イアンがどうすべきかと考えあぐねていると。

「水が濁っているだって？」

話を聞きつけたのか、ユーシスがやってきた。

「殿下」

ユーシスは背負っていた騎士の背中から、飛び降りるようにこちらへ駆け寄ってきた。その顔は張り詰めている。

さすがに濁った水を王族に飲ませることなどできない。

そう言おうとした時だった。

水面を覗《のぞ》き込んだユーシスが、ひどく焦った調子で顔を上げた。

「まずい」

「なにがでしょうか？」

「沢の水が濁るのは地滑りの前兆だ。以前登山家の手記で読んだことがある」

その言葉に、その場にいた人間たちの顔は凍り付いた。

危惧《きぐ》していたことではあるが、地滑りが起きれば人間などなんの抵抗もできない。どれだけ体を鍛えていようが関係なく、土砂《どしゃ》と一緒に押し流されてしまうだろう。

「野営は中止だ。急いで山を下りる」

イアンは低い声で部下たちに命じた。

「殿下は私が背負う。フィリップはジョエル殿の補助を。不要な荷物は捨ててできるだけ重量を減らせ。すぐに出立するぞ！」

「は！」

全員が張り詰めた顔で返事をした。

今この瞬間に、地滑りが起きても何ら不思議がない。

「殿下」

イアンは恐怖で呼吸が荒くなっているユーシスの前にひざまずいた。びくりとユーシスの体が震える。

「今から、何があってもスピードを落とさずにいきます。途中恐ろしい思いをさせてしまうかもしれませんが、必ず無事に殿下を麓までお連れします。ですからどうか、耐えてくださいますか？」

イアンの言葉を少し吟味《ぎんみ》した後、意を決したようにユーシスは頷いた。

「任せる」

そして互いに、頷きあった。

今から長い夜が始まる。生きるか死ぬかの、命を懸けた逃避行が。

そして明け方近く、ウォッシュフィールド南部にある山の斜面を、大規模な地滑りが襲った。

彼女は貧しい家の生まれだった。

食べるものもろくになく、子供の頃はいつも腹を空かせていた記憶しかない。

兄妹《きょうだい》の多くは、そのせいで死んでいった。正直なところ、よく生きて成人できたものだと彼女は思っていた。

その名はビアンカという。

彼女の先祖は貴族だった。なのにどうしてこんなに貧しいのかといえば、それはカノープスによって侵略された国の貴族だったからだ。

戦争に負けて国がなくなった後、戦利品として連れてこられ、悪徳領主のもとで小作人《こさくにん》にされてしまった。悪趣味なことだ。

だからビアンカの両親は小作人だった。地主から土地を借り、農作物を作る。しかし作った作物は地主のものであり、引き換えに与えられるのはわずかな賃金のみであった。

そんなビアンカが、唯一先祖から受け継いだもの。それは美貌だった。男は誰でも彼女を欲しがった。

そして当然の成り行きというべきか、彼女は親の手で娼館《しょうかん》に売られた。

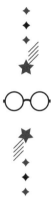

普通なら悲嘆にくれるところだが、正直なところビアンカにとって娼館はそう悪い職場ではなかった。

乱暴な男もいたが、仕事をすれば金が手に入り腹いっぱい飯を食うことができた。食べられず死ぬより何倍もいいと思った。

ビアンカが微笑めば、男は面白いように彼女に貢いだ。なので次第に、男から金を巻き上げることが至上の喜びとなっていった。

それはビアンカにとって復讐《ふくしゅう》だった。こんな生活に突き落とした社会への。

産まれた時から苦労せずのうのうと生きてるやつらから、身一つで金を奪い取る。彼女なりの戦争だった。

世の中は金だ。金さえあれば何でも手に入る。

だがビアンカは金集めがうまくとも、使うことは得意ではなかった。だから貯めて貯めて、ひたすらに金を貯め続けた。

もう死ぬまで、ひもじい思いはしたくなかったからだ。

いつか言われたことがある。そんなに貯めこんだところで、天国までは持っていけないよと。

馬鹿《ばか》かと思った。自分が天国になど行けるはずがない。どうせ地獄行きなら、散々悪いことをして金を稼いでやろうと思った。

年を取って客がつかなくなると、ビアンカは貯めた金で金貸しを始めた。悪い人間を雇い、高い金利で金を儲《もう》けた。役人にも金を渡して罪を逃れ、金のために何でもやった。

だからビアンカには、たくさんの金があった。

金を返せなかったやつから家を奪い、その家を人に貸すことも始めた。借りる人間の仔細《しさい》は問わなかったが、家賃を払わなければどんな方法を使ってでも払わせた。

そんなある日だ。

領主様からお触れが出た。茶色い髪の少年を連れた不審者を知らないかというものだった。情報を申し出れば報奨金が出るという。

ビアンカはふと、自分が家を貸している若夫婦を思い出した。突然やってきて家を貸してくれと言う、物を知らなそうな子連れの夫婦。その子供はビアンカがいる間ずっと頭巾を被っていた。もしかしたら髪色を隠すためかもしれない。茶髪などそう珍しい髪色でもないが。

なのでビアンカは、役人に自分が家を貸した若夫婦が怪しいと申し出た。

別に夫婦に恨みはない。だがわずかな家賃を受け取るより報奨金を貰う方がずっといい。

ビアンカは老いた。もう彼女にかつての美しさはない。自分が周囲から意地悪ばあさんと呼ばれていることも知ってる。

しかしそんなこと、ビアンカにはどうでもよかった。

老いてもなお——金が欲しかった。

第五章　急襲

◆
◆
◆

「え?」

名前を呼ばれた気がして、私は振り返った。

だが、部屋の中には誰もいない。しんと静まり返っている。

空耳だったのだろうか。そう思いながら洗濯をしようと汚れ物をまとめていると。

「姉さん大変だ!」

ユリウスがそう叫びながら、部屋の中に駆け込んできた。

余程慌てているのだろうが、夫婦を演じているのに私を姉さんと呼ぶのはよろしくない。いくら家の中であってもだ。

「ちょっと、姉さんなんて——」

だが私がそれを言い終えるよりも早く、意外な来客が訪れた。

「大変だ!」

そう叫びながら家の中に駆けこんできたのは、なんとはす向かいに住んでいるニコルだった。

「三人とも来てっ」

余程焦っているのか、ニコルは自宅からすぐの距離だというのに息を乱していた。

「急にどうしたの？」

驚いてそう尋ねるが、ニコルは理由を説明するでもなく私たちを自宅へ連れていこうとした。断ろうとしても引かない。

果てにはクリシェルの腕を摑《つか》み、無理にでも引っ張っていこうとする。

「放してよ！　一体何なの」

驚いたクリシェルが叫ぶ。ユリウスがニコルを引き離そうとしたその瞬間、彼は叫んだ。

「デリックの兵隊がこの家に向かってるんだよ！　早くしないと三人とも捕まっちゃうっ」

ニコルもまた、泣きそうな顔で叫んだ。

私たちは顔を見合わせる。彼が言った言葉の内容もそうだし、その顔を見れば嘘《うそ》を言っているようには思えなかった。

とにかくニコルの言うままに、私たちは借家を後にした。


「よかった。無事だったの」

ニコルが私たちを案内したのはよく見知った彼の家だった。

家に入るなり、荷物をまとめていたらしいローズはその顔に安堵《あんど》の色を浮かべた。

「あの、これは一体……？」

私とクリシェルは事態を把握することができず、ただただ茫然《ぼうぜん》とその場に立ち尽くす。

そんな中、ユリウスはローズに詰め寄った。

「あなた方は、我々の素性をご存じなのですか？」

そう問いかけたユリウスの顔には、厳しい表情が張り付いていた。

ローズもまた、安堵に綻《ほころ》んでいた顔を引き締める。家の中に緊張感が満ちた。私ははらはらと、クリシェルを抱いて事の成り行きを見守るしかなかった。

ただのご近所さんだと思っていたローズとニコルが、私たちの素性を知っていたとは思いたくない。だがニコルは確かに、デリックの兵隊と言った。一般市民なら、デリックの名前すら知らないはずなのに、だ。

「警戒する気持ちもわかるが、今はこっちの話も聞いとくれ。ついさっきテオが帰ってきて、あんたたちを捕まえるために兵隊が来るから知らせてこいと言われたんだ。子供ならそう警戒されることもないから、ニコルを使いにやったんだよ。本当に、危ないところだった」

そうローズが口にした瞬間、俄《にわか》に外が騒がしくなった。

窓から外の様子を覗《のぞ》くと、ローズの言葉通りそこにはたくさんの兵士が集まっていて、私たちの借家に入っていくところだった。一人だけ色違いのマントを羽織ったデリックの姿もある。ついでに、腰の曲がったあの家の大家の姿も。

「あの意地悪ばあさんが、報奨金欲しさに兵士の詰め所に駆け込んだんだと思う。昔っから守銭奴《しゅせんど》で有名で、あいつから金を借りると破滅するって噂《うわさ》だったんだ」

母の言葉を補うように、ニコルが言う。

だが兵隊がうちに来た理由とニコルが呼びに来た理由はわかったが、肝心《かんじん》のローズたちが何者でどうして私たちの素性を知っているのかということの説明にはなっていない。

このままでは、私たちの不在に気づいた兵士たちがここまでやってくるのではないか。

私はしっかりと、クリシェルを抱きしめた。何があっても、彼女だけは守らなければ。私たちの護衛は、私たちがテオの家にいるのを知っているので状況を静観しているのだろう。下手に助けに来られてもデリックの注意を引いてしまうので、どうしたものかと考えあぐねているに違いない。

緊張でごくりと喉《のど》が鳴ったその瞬間、突如《とつじょ》として部屋の奥にある床板が外れてその下から男が現れた。

ユリウスが臨戦態勢になる。

果たしてそこから現れたのは、テオだった。

彼は埃《ほこり》まみれになりながら、咳《せき》をして床下から這《は》い出してきた。

一体何が起こっているのかと、茫然としてしまったのは仕方ないと思う。今日起こったことのなにもかも、現実感がない。

全部夢だと言われる方が、まだ納得できる気がする。

「なんなんだ一体……」

ユリウスは私たちを庇《かば》いながら、隠し持っていた短剣を服の下から出した。

あんなによくしてくれたローズたちに刃物を向けるのは心が痛むが、体格のいいテオが出てきては警戒心が否応《いやおう》なしに増してしまう。

「ごほっ、ごほっ」

だが肝心のテオはといえば埃を吸い込んでしまったようで、激しく咳《せ》き込んでいる。

「ごほっ、落ち着いてくれ。俺ぁあんたたちの味方だ」

激しくむせ返りながら、テオは言った。ユリウスはそれでも警戒を解かない。

「どういうことだ？」

「待ってくれ。かぁちゃん水頼む。ニコルは布を水で絞ってきてくれ」

テオの要求に、ローズとニコルはそれぞれユリウスを気にしつつ、動き始めた。ユリウスがせわしなく部屋中に視線を配っている。

私はクリシェルを抱きしめながら、窓の外の様子を窺《うかが》った。

かすかにだが、ばたばたと家具を引き倒したりするような音が響いている。それから老婆《ろうば》の悲鳴じみた声も。

私たちがいないことで、激しい家探しが始まっているようだ。家具は備え付けで大家の持ち物だから、それで悲鳴を上げているのだろう。

テオは絞った布で顔を拭《ぬぐ》い、ローズの汲《く》んできた水を飲むと、ようやく人心地ついたようだった。

「しばらく使ってなかったが、参った参った」

「いいから、早く説明してくれ。味方とはどういうことだ？」

「おっとのんびりしてる時間はねぇ。あんたらこん中にちょっと隠れてな。俺がいいと言うまで絶対に出てくるなよ」

テオはそう言うなり、私たちを自分が出てきた床下の大穴に押し込んでしまった。

ユリウスは一瞬抵抗しようとしたのだが、テオの手の中にある物を見て抵抗をやめた。一体何を見たのだろう。私の位置からでは彼が握っていたものまで見ることはできなかった。

暗くて狭い床下の中で、ひたすらに待つ。床下はひんやりとしていた。見上げれば、床板の隙間《すきま》から細い光が漏れている。

「ねえ、さっきは何を見せられたの」

「しっ」

気になって尋ねたのだが、ユリウスは唇の前に人差し指を立てて私たちに静かにするよう合図してきた。

わけもわからずそうしていると、やがて激しく扉を叩く音が鳴り響いた。

「はいはい。そう叩かなくても聞こえるよっ」

テオの返事が聞こえた。きっと私たちを探しに来た兵士たちだ。私たちの間に緊張が走る。

それからずかずかと男たちが家の中に踏み入ってくる音がした。心臓の音が大きくなりすぎて、今にも口から飛び出すのではないかと思った。

クリシェルの震えが私にまで伝わってきた。

「やめとくれよ！」

ローズの非難めいた声が上がる。

どうしてこんなことになったのだろう。

私はどうか見つかりませんようにと必死に祈っていた。


少し家探しをすると、男たちはそのまま慌ただしく家から出ていった。他の家にも同じことをするつもりだろうか。

どうか彼らが戻ってきませんように。

そう祈るような気持ちで待っていると、どれくらい時間が経《た》ったのか、夕刻頃にようやく床板が外されテオが顔を出した。

暗闇《くらやみ》に慣れた目を橙《だいだい》の光が刺す。

「もう出て大丈夫だ。怖い思いをさせて悪かったな」

そう言って、テオは私たちが床下から出る手助けをしてくれた。

下からはユリウスに支えてもらい、何とか床の上に這い出る。

私たちはテオがそうだったように、舞い上がった埃でむせた。それから濡《ぬ》れた布で顔を拭いて人心地つくと、家の中が荒らされていることに気がついた。

「あ……」

私たちを探しに来た兵士がやったのだ。ずれた棚や放り出された荷物を見て、居たたまれない気持ちになった。

「ご迷惑をおかけして……」

私が謝ろうとすると、テオの顔がくしゃっと笑み崩れた。

「こんな時まで律儀な奥さんだ」

ローズも笑っている。なんだかひどく気恥ずかしい。

「と、とにかく説明してください。どうして私たちを匿《かくま》ってくださったんですか？」

ずっと聞きたかったことを問えば、テオは先ほどユリウスにしたのと同じように、私とクリシェルの前に拳《こぶし》を差し出した。そして開かれた手の中には、麦の穂があしらわれた紋章のある金のボタンがあった。

その紋章には見覚えがある。クリシェルと一緒に覚えたウォッシュフィールド公爵の紋章だ。

「俺がウォッシュフィールド公の関係者だって言えば説明になるかい？　公はこの地の領主を怪しんで、俺たちに様子を探るようご命令なさったんだ。あの戦争病のデリックが探している茶髪の男児ってのは、ユーシス殿下のことなんだろ？　そしてデリックが街で人探しを始めた頃に、ちょうどあんたらがやってきた。いくら商人だろうが、そんな綺麗《きれい》な宮廷語の発音で喋《しゃべ》る人間はいないしな。想像するに、あんたらはシリウス王国から来た殿下の婚約者候補のクリシェル様とその護衛ってとこか」

テオは私たちの身元を正確に言い当ててみせた。

自分では必死で商人の妻を演じていたつもりなのだが、どうやらテオ家族には最初からお見通しだったらしい。

「それで、ユーシス殿下はどうなさったんだ？　無事なのか？　あのデリックが探してるなんてろくなことじゃないんだろう？」

テオが心底心配したような顔で言う。

私たちは顔を見合わせた。少し迷ったが、私たちを助けてくれた彼ならば、何が起こったのか話しても大丈夫だろうと思った。

テオたち家族に、自分たちに何が起こったのかを説明する。

次の王位を狙うレイモンド殿下により、ユーシスは命を狙われていること。レイモンド派の貴族たちは戦争を望んでおり、私たちは彼らの企《たくら》みに利用されぬよう領主館から逃げ出したこと。ユーシスは、祖父であるウォッシュフィールド公爵の助力を願うためその領地に向かったこと。テオはひどく真剣な顔で、私たちの話を聞いていた。

そして話がウォッシュフィールドに向かうために山越えをしているというところで、テオは顔色を変えた。

「なんてこった。ああ……そんな」

言葉の意味がわからず不思議に思っていると、テオではなくユリウスがそれまで閉ざしていた重い口を開いた。

「落ち着いて聞いて。副団長たちが登っている山で、大規模な地滑りが起きたって……」

そう言われた瞬間、頭の中が真っ白になった。何も考えられなくなって、頭がユリウスの言葉を理解することを拒否した。

「嘘よ……」

一瞬、自分がそう呟《つぶや》いたのかと思った。

でも違った。その声は高い、子供の声だった。

「そんなの嘘よ！」

叫んだのはクリシェルだった。彼女にとって、イアンは叔父だ。ショックを受けるのも無理はない。

私は混乱の頂点にあった。

イアンが地滑りに巻き込まれたかもしれない。そう思うと足が震えて、立っていることすら難しくなった。

そして目の前では同じように、クリシェルが大きなショックを受けている。

私は無意識のうちに、ふらふらと彼女に近づいて抱きしめた。

クリシェルが身じろぎする。

「嘘よ。そんなはずない。うそ……うそ……」

肩口に泣きそうなクリシェルの熱い吐息を感じた。彼女は混乱からか小さく腕の中で暴れる。

私はその小さな頭を抱え込み、力いっぱいクリシェルの体を抱きしめる。

子供の熱い体温を抱えていると、なぜか彼女が生きているということが強く強く感じられた。

イアンの凶報に震える心を抑えつけ、自分がしっかりしなければと言い聞かせた。まだ何も終わっていない。私はまだ、イアンとの約束を何も果たしていない。

私はどうにかして、自分を奮い立たせる。

「クリシェル様。まだイアンが地滑りに巻き込まれたと、決まったわけではありません」

自分にも言い聞かせるようにして、私は言った。

「だから落ち着いてください。共に続報を待ちましょう」

必死になだめると、しばらくしてクリシェルは暴れるのをやめた。

恐る恐る腕を外しても、もう彼女は暴れたりしなかった。その顔は涙と鼻水でひどいことになっていたので、きっと私の着ている服も悲惨なことになっているはずだ。

とりあえずクリシェルの目を冷やすために井戸に水を汲みに行こうとしたその時、家の扉がノックされた。

部屋の中に緊張が走る。

身構えるユリウスを、テオは手で制する。ローズに促《うなが》されて私たちはずれた戸棚の裏に隠れ、それを確認したテオは訪問者の対応のため玄関に向かった。

「ちょっと待ってくれよ〜」

先ほどとは打って変わって、ひどく呑気《のんき》な声だった。だがその背中は、いつ何があっても対処できるようにと張り詰めていた。

扉の開く音がする。

よくは聞こえないが、テオは家の外で客人の対応をしているようだ。

一体誰が来たのだろうとハラハラしていると、突然一緒に隠れていたユリウスが出ていってしまった。

「どこ行くのよ!」

クリシェルが押し殺した声で叫ぶ。

恐怖で固まっていたクリシェルも、ようやく声が出るまでに回復したらしい。

私がユリウスの様子を見るために物陰《かげ》から身を乗り出すと、その向こうに見知った顔が見えた。

やってきたのは、成り行きを見守っていたシリウス王国の四人の騎士たちだった。

◆◆◆

「面目ない」

護衛の騎士たちは、ひどく所在なさげに身を縮こめていた。

交代で見張りをしていた騎士は、私たちがニコルに連れていかれたところにちょうどデリックの兵隊がやってきたので、ひとまず様子を見ることにしたそうだ。

だが兵士たちは借家に飽《あ》き足らず、テオの家まで探しに入った。私たちが捕縛されたと思った騎士たちは、家から出てくるところを不意打ちして私たちを救出するつもりだった。

ところが彼らの予想に反して、私たちは捕縛されなかった。

驚いたがすぐに動けばデリックの注意を引くと考え、日が暮れてからこの家に確認に来たとのことだった。

そして事情を知った騎士たちは、ひたすらに恐縮していた。

「あなた方の思慮深い行動のおかげで、こうして再会することができました」

私は彼らに礼を言った。もし下手に動いていたら、騎士も私たちも捕まって更に死者まで出ていたかもしれない。

本当に綱渡りの状況だったのだと、改めて思う。

「まあ反省するのもいいがよ、今大切なのはどうやってこの街から脱出するかじゃないのか？」

腕組みしたテオが、怖い顔で言った。

だが脱出したところで、ウォッシュフィールドへの街道は、地滑りによって封じられているはずだ。

船でシリウスまで戻るにしても、多くの船はハノーバー伯爵とデリックによって、漁船までチャーターされてしまっている。

男たちは車座になり、今後のことを話し合っていた。私は全員の夕食を用意するローズを手伝いながら、自分たちは一体どうするべきなのか考えていた。

テオが私たちの正体に気づいたように、広いようで狭いこの街の中で逃げ隠れするには限界がある。

「もう、やめましょ」

その時、頭巾《ずきん》を外したクリシェルが男たちの前に立って言った。

「わたくしたちはシリウスの正式な使者です。あのような下賤《げせん》な者たちに追い回される謂《いわ》れはないわ」

彼女の言葉は堂に入っていて、その場にいた者たちは圧倒されてしまった。こちらに来てからは私とユリウスの子供という設定のために年相応の無邪気さを見せていたクリシェルだが、改めて彼女は公爵家の姫なのだと思い知らされる。

「このまま王都に参ります」

「クリシェル様！」

反射的に彼女の名前を叫んでいた。

「サンドラ」

彼女は私の目をまっすぐに見つめた。

「どんな時も堂々とするよう、あなたはわたくしに言ったわ」

そう言われてしまうと、何も言えなくなってしまう。彼女は国に逃げ帰るのではなく、堂々と王に見《まみ》えようというのだ。

確かにクリシェルの身分をもってすれば、国王に面談を申し込むことができる。そうすればユーシスを亡き者にしようとするデリック及びレイモンドの野望も、うち砕くことができる。彼らの蛮《ばん》行《こう》を王に知らしめることができるからだ。さすがにクリシェルの立場から奏上すれば、カノープス王も無下にはできないに違いない。

「ですが、ユーシス様はもしかしたらもう……」

暗い声でユリウスが言った。

その言葉に、今日聞いた地滑りの知らせが頭をよぎる。もしその地滑りに巻き込まれていたら、生存の可能性は低いだろう。

けれど――。

「まだ、お亡くなりになったと決まったわけではありません」

私はぎゅっと自《みず》らの手を握った。

イアンが死んだかもしれないなんて、考えただけで恐ろしい。この場で立ち止まって、二度と動けなくなってしまいそうだ。

けれど私は、約束した。

クリシェルを守ると――イアンにそう約束したのだ。

ここで立ち止まって、蹲《うずくま》っているわけにはいかない。まだなにも終わってなんかいない。

「ユーシス殿下が生きていると考え、最善の策を取るべきです」

私がこう断言したのは意外だったのか、一同は驚いたような顔をしていた。

クリシェルだけが、わかっていたとばかりに不敵な笑みを浮かべていたが。

そして納得しかけた一同だったが、すぐにまた壁にぶち当たる。

「ですが、まずこの街をどうやって出ればいいのか」

騎士のうちの一人が言った。

領主館のあるこの街は海以外城壁で囲まれている。ユーシスたちが館を出た時はまだ警戒されていなかったから多少の変装さえすれば潜り抜けられただろうが、今はもうどこの門にも手配書が回っているに違いない。

今日のこともあるし、とてもではないがこの人数で街を出ようとするのは危険すぎる。

どうすべきかと方策を模索していると。

「それなら多分役に立てるぜ」

自信満々でテオが言った。その場にいた全員の視線が彼に集まる。


橙色のカンテラの明かりが、テオの顔を照らす。

「おーい。全員いるか～？」

彼の間延びした問いに、一列になって彼に続いている一行からまばらな返事が返ってきた。

私たちが歩いているのは、テオの家の地下から延びる地下通路だった。かなり古そうだが、煉瓦《れんが》でしっかりと補強され道幅も大人二人が並んで歩ける程度には広い。

「どうしてこんな道が……？」

テオに隣り合う形でユリウスが先陣を切る。その腰には、他の騎士に預けておいたという剣が下がっていた。後ろから私とクリシェルが続き、更に後ろに護衛の騎士たちが追手に警戒しながら列をなしている。

「ここはもともと、ウォッシュフィールド公爵の土地だったんだ」

テオの言葉に、私は驚いた。一応カノープスについて勉強したとはいえ、さすがに土地の所有権の変遷《へんせん》までは学んでいない。

「まあ、建国してすぐの頃の話だ。この国の人間でも、知っている人間はほとんどいないだろうがな」

「どうしてそれをテオさんが？」

「この道は、街の外と領主館にそれぞれ続いている。さっき、俺がウォッシュフィールド公爵の関係者だって話はしただろう？　俺の家は代々、街で暮らしながら通路の守役をしてるんだ」

テオの言葉に、私はぎょっとした。

「では、この道を今の領主が使うこともあると？」

「いや。あいつはこの道の存在自体知らないよ。そもそもこの街は、ウォッシュフィールド公爵の先祖が海からの侵略に備えるために作った港だ。領主館も元はそのための砦《とりで》だしな。だが何代か前に公爵の部下だった今の領主の先祖が大きな戦功をあげて、この港が割譲されることになったんだ。今の領主はそんな恩も忘れて、金集めに勤しんでいるがな」

テオが吐き捨てるように言った。

レイモンド殿下の誓約書にサインするくらいなのだから、この地の領主も政変を望む一人なのだろう。私は酒宴の時に遠目で見たその顔を思い出し、なんだかげんなりとした気持ちになった。

「そら、見えてきたぞ。もうすぐだ」

テオがそう言って示したのは、カンテラの明かりに照らし出された階段だった。

階段の上部に鉄の蓋《ふた》があり、それを横にスライドさせると星空が広がる。

通路が続いていたのは、街の外にある丘の傍《そば》だった。遠くに港の明かりと街の城壁を望むことができる。無事に街を脱出できたのだ。

「テオさん。なんとお礼を言っていいか」

私はテオに深く感謝した。彼がいなければ、私たちはとっくにデリックによって囚《とら》われの身となっていただろう。

「いいさ。こっちも理由あってしたことだ」

「理由……ですか？」

「ああ。どうかユーシス殿下を支えてやってほしい」

テオは真剣な顔で言った。

「俺たちにとって、殿下は王子というだけじゃない。ウォッシュフィールド公爵の血を引く大切なお方なんだ。あの方は俺たちのことなんざ知らないだろうが……」

「必ず、お助けします」

危険を冒《おか》して私たちを助けてくれたテオたち家族のためにも、私たち自身のためにも。そして、彼らの功績をユーシスに伝えるのだ。

そこに、クリシェルが割って入ってきた。

「おじさん。ニコルによろしく伝えておいて」

その口調はその辺にいる子供そのもので、先ほどテオの家で見せた威厳溢《あふ》れる態度からは別人のようにかけ離れていた。

「ああ。伝えるよ。クリスちゃんも、気をつけてな」

テオも友達の父親の顔をして、困ったように笑っていた。

少しの間ではあったが、ただの子供として過ごしたこの日々もまた、クリシェルに大きな影響を与えたのだろうと思った。


追跡はなかったが用心して、私たちは平民を装って先に進んだ。もともと商人とその家族という設定だったので、今度は王都に向かう商人家族とその仲間の商人という構成になった。彼らの剣と鎧《よろい》は、商品として担《かつ》ぐ荷となった。

だが歩きなれていない私やクリシェルを連れているので、どんなに急いでもその行程は遅々《ちち》として進まない。

「なんとか馬車が手に入ればいいのだけど」

野営の最中に、ユリウスが言った。ちなみに食料などはテオが都合してくれたので、この人数でもなんとかなっている部分が大きかった。

王都への道は、整備された街道だ。港からの貿易路として多くの商人が行きかう。馬車があれば距離が稼げるし、なにより人目を避けることができるからだ。

そんな時、思わぬ出来事が起こった。

「失礼だが、我が主《あるじ》と会っていただきたい」

近づいてきたのは、商人の護衛をしているらしく剣を佩《は》いた男だった。身ぎれいで、雇われた傭《よう》兵《へい》という感じはしない。

正直なところ、男が近づいてきた段階でユリウスを含めた騎士たちは警戒して非常にぴりぴりとしだしていた。全員が商人を装っているので、表面上は和《なご》やかな会話を続けていたが。

「失礼だが、あなたは？」

ユリウスが問い返すと、男は仏頂面《ぶっちょうづら》で返事をした。どうやら彼自身が望んでユリウスに声をかけているわけではないらしい。

「さる高貴なお方の使いとだけ」

我々は困惑した。追手ではないようだが、相手の目的が読めない。

「そう言われましても……」

「いい商売になるかもしれんぞ。いいから来い！」

男の威圧的な態度に、これ以上興奮させるのはよくないと判断したのか、ユリウスは立ち上がり一人で私たちの輪から離れた。

「最初からそうすればよかったのだ」

男の態度に腹は立ったが、私はそれよりも怒りで今にも飛び出しそうになっているクリシェルを抑えることに必死だった。

こうして明らかに侮《あなど》るような態度を取られることは、貴族にとって耐えがたい屈辱《くつじょく》だ。テオやニコルに気安い態度を許していたのとはわけが違う。

私はといえばユリウスなら一人で切り抜けられるだろうという信頼感もあったので、さほど心配はしていなかった。

弟は今までその美貌《びぼう》のせいで何度も誘拐されかけ、そのたびに相手を打ちのめして何食わぬ顔で帰ってきたのだ。最年少で国内最高峰の青星《せいせい》騎士団に入団した実力は伊達《だて》ではないのである。

それからしばらくして、またしても先ほどの男がこちらにやってきた。

今度は小走りで、やけに焦っている。その後ろからユリウスが何でもない顔で歩いてくるのが見えた。

「お連れの皆様も一緒に来ていただけませんでしょうか？」

先ほどとは打って変わって、今度は丁寧な口調でひどく焦った様子だ。

あまりの変わりように、先ほどとは顔がよく似た別人ではないかと勘繰ってしまったほどだ。

追いついてきたユリウスが男の後ろで立ち止まると、彼はびくっと体を強張《こわば》らせた。本当に、この短時間の間に一体何があったというのだろう。

「結局何だったの？」

「いいからちょっと来て。少なくとも危険はないみたいだから」

全くわけがわからないが、とにかく私たちは火と荷物の番のために騎士の一人をその場に残し、促されるまま彼についていくことにした。

ユリウスの態度からするに危険はなさそうだが、わざわざ呼びに戻ってくる理由がわからない。

一緒にいた護衛たちも、訝《いぶか》しむような顔をしている。

「まぁ、あなたたちがユリシーズ様のお仲間なのね！」

唖然《あぜん》とした。それは仕方ないと思う。

そこにいたのはこのような街道の途中にはいるはずのない、ごてごてと着飾った少女だったからだ。

クリシェルより少し年上くらいだろうか。その服装は、なんだか出会った頃の彼女を思い出させる。

要は機能性皆無の、見栄《みば》え一択の服装ということだ。

ユリウスは彼女に偽名を名乗ったようだった。つまり知り合いではないということだろう。それでは彼女は一体私たちに何の用なのだろうか。

すると彼女はわざわざ私に歩み寄ってきて、じろじろと無遠慮な視線を投げてきた。

「あのう、一体何の御用でしょうか?」

テオに指摘されたので、イントネーションにも宮廷語が出ないよう注意しつつ尋ねる。

相手は私の観察を終えると、ふんと鼻を鳴らしながら嫌な笑みを浮かべた。そして私は、このような顔にとても見覚えがあった。

今までに何度も、こんな視線を向けられたことがあるからだ。

「あなたがユリシーズ様の奥方なのね! 随分《ずいぶん》と貧相……いえ! 清貧な感じがして素敵だわ」

夜も深いというのに、彼女は頭が痛くなるような高い声で言った。これなら焚火《たきび》の傍で火が爆《は》ぜる音を聞いていた方がどれだけましだろうか。

「実は、この方が王都までぜひ一緒にどうかと言ってくださってね」

「わたくしの名はエイダ。実家は王都で大きな商会を営んでますの。ここで会ったのも何かの縁ですから、ご一緒しませんかと声をかけさせていただきましたのよ」

そう言いながら、女はユリウスに対して何度も瞬《まばた》きして意味深な視線を送っていた。

人からは鈍いと言われる私だが、さすがにこれだけ露骨にされると彼女の意図にも気づく。大方ユリウスを気に入り、一緒に行動してあわよくばということなのだろう。

クリシェルの教育上よろしくないなぁと思いつつ、彼女の申し出は私たちにとって渡りに船だった。

彼女の服装から見て、大きな商会を営んでいるという話は本当のことだろう。大きな商会であれば、王都の検問を通る際も融通が利くはずだ。

先ほどの男も、臨時で雇われた傭兵ではなく普段から雇われている専属の護衛に違いない。

きっとユリウスに対して失礼な態度を取るなと、この少女に怒られたのだろう。そうでなければあれほど態度が変わるはずがない。

弟には大変申し訳ないが、彼女を誘惑でも何でもしてもらって王都まで同行するのが一番安全な道だ。

一同から、思わず乾いた笑いが漏れた。

どうやら王都に着くまで、まだ一波乱も二波乱もありそうだった。


ありがたいことに、エイダは私とクリシェルを馬車に乗せてくれた。といっても己が乗る豪華なそれではなく、荷物用の馬車の隅《すみ》っこだったが。

それでも大いに助かったことは疑いようがない。これで移動スピードも上がり、王都へ早く着くことができる。

なにより、ユリウスの妻として長い時間睨《にら》まれているより、荷馬車にでも乗せられた方が気持ちが楽だ。揺れはひどいが、街道が整備されているので荷台でも乗り心地はそれほど悪くない。

「さっきの女、やな感じだった」

ぼそりとクリシェルが呟く。

彼女が複雑そうな顔をしていたので、私は思わず笑ってしまった。

エイダの言動が過去の自分を思い出させるのだろう。クリシェルから感じられるのは怒りではなく自己嫌悪だった。

「自由な方でしたね」

「私は、あんな風に男の人に迫ったりしないわ」

昔の自分を弁護するように、クリシェルが言う。

「存じております」

思わず噴き出しそうになったが、なんとかこらえる。

「散々な旅ね」

久しぶりに二人きりになったので、クリシェルも随分とくつろいでいるように見えた。

彼女は彼女なりに、ずっと気を張っていたのだろう。

靴を脱がせ、血の滲《にじ》む足裏に巻いた布を替える。普段こんなに歩くことはないので、さぞ辛かっただろう。それでもここまで弱音一つ吐かなかった彼女の強さに、私は感動していた。

「本当に、まさかこんなことになるとは」

それは心からの思いだった。

「なんだかこうして生きるか死ぬかの旅をしていると、お父様のことなんてどうでもよくなってくるわ」

「そんな。ギルバート様が悲しみますよ」

思わずたしなめると、クリシェルは億劫《おっくう》そうに首を振った。

「そうじゃないの。私のこと嫌ってるんじゃないかと悩んでたけど、そんなことどうでもよくなったってこと。お父様はいつでも優しかったし、私を守ってくれた。少なくとも今日までこんな苦労したことないわよ。離れたことで……大切にしてくれていたって気づけた」

「それは……よかったです」

心底、そう思った。クリシェルを思い気に病んでいたギルバートと、父を信用しきれず癇癪《かんしゃく》を起こしていたクリシェル。

二人のすれ違いは、見ている方にとってなんとも歯がゆく切ないものだった。

思わず感動していると、恥ずかしくなったのかクリシェルはついと顔をそらして言った。

「それにしても、あなたも大変ね」

「え？」

「だって、エイダとかいうあの女に目をつけられてたじゃない」

なんだそんなことかと思い、私は苦笑した。

「ユリウスが私を妻だと説明してしまったのですから、仕方ありません。それに、慣れておりますから」

似たようなことが、子供の頃から無数にあったのだ。さすがに慣れる。

辛い思いをしたこともあるが、ユリウスが悪いわけではない。むしろそれに怒ってユリウスが暴れて騒ぎになることもあったので、それが我慢できるようになった分だけ今の方がマシなのだ。

両親も、そんな私を不憫《ふびん》に思ったのか溢れるほどの愛情を注いでくれた。だからこそ、必要以上に卑屈《ひくつ》にならずに済んだ。

ちなみにエイダとの顔合わせが終わった後、ユリウスから申し訳なさそうに謝られた。いつもならああいった誘いは即座に断るが、今回は好都合なので利用させてもらうことにしたそうだ。

なかなか生きづらそうにしている弟だが、むしろ図太くなってくれてよかったと感心すらしている。その判断のおかげで私たちは今馬車に乗れているのだから。

むしろ、あの少女と二人きりで馬車に乗ることになったユリウスに同情すらしていた。きっと今頃、かなり辛い時間を過ごしているに違いない。

そうしてエイダの護衛たちに守られ、私たちは瞬《また》く間に王都に到着した。

カノープスの王都には初めて来た。

規模はシリウスのそれよりも大きいが、城壁に壊れている箇所があったりと平和なシリウスとは多くの違いがあった。

「王都に滞在するのでしたら、ぜひ当家にいらして。ユリウス様を歓迎いたしますわ」

無事検問を突破して王都に入った後、一緒に馬車から降りてきたユリウスに縋《すが》るようにエイダが言った。その顔は紅潮してツヤツヤとしている。

一方久しぶりに見たユリウスの顔は、生気でも吸い取られたのかと心配になるほどげっそりとしていた。こんなユリウスは今までに見たことがない。

「仲間と相談しますので、少々お待ちいただけますか」

なんとか愛想笑いを張り付けて応じたユリウスだが、その足はふらついていた。一体何をしたら体力お化けのユリウスをここまで疲弊《ひへい》させることができるのか。

私はエイダに敬意の念すら抱いた。

「お前、どんなに厳しい鍛錬でもけろりとしてたのになぁ」

「お前のこと羨《うらや》ましいなんて思ってごめんな」

「俺、普通の顔でよかったかも……」

ユリウスの先輩騎士たちのしみじみとした言葉が、弟の苦労を物語る。

「と、とにかく今後の方針を決めましょう！」

私たちはエイダに聞かれないよう、輪になって作戦会議をした。幸い王都の雑踏は凄《すさ》まじく、すぐ近くまで来なければ我々の会話を聞き取ることはできないだろう。

「あとはどのように王に謁見《えっけん》するかですね」

「ユリウスにもう少し頑張ってもらって、あの方についていくのがいいと思います」

私が言うと、騎士たちは意外そうな顔をした。

ついでにユリウスの顔が引き攣《つ》っていたが、見ないふりだ。

「ええと、いいのですか？　サン……サブリナさんが嫌な思いをするのでは……？」

騎士の一人が尋ねてくる。エイダの私に対する態度はあからさまに悪意があるので、心配してくれたのだろう。

「見てください」

そう言って、私はエイダたちに気づかれないよう彼女が連れていた荷馬車の一角を指さした。

「私も後から気がついたのですが、あれはカノープス王室御用達《ごようたし》の印です」

王室と取引のある商会は、城に入ることを許される特別な印を馬車や看板に入れる。これによって簡単に城に出入りできるようになるのと同時に、店側は周囲に店の格を知らしめることができるのだ。

つまりエイダの実家である商会に助力を頼めば、城に入ることも難しくはないということである。

「なるほど。ですがそう簡単に協力してもらえるでしょうか」

「それは……彼女のご家族が話の通じる相手であることを祈りましょう」

こちらにもクリシェルの身分を証明する物はあるので、普通であれば隣国の公爵令嬢と王子に恩を売ることができる絶好のチャンスだ。

そう分の悪い賭けではない。

だがエイダを見ていると、果たしてそんな常識が通じるだろうかという不安が残る。

顔が気に入ったからという理由だけで、見知らぬ男と二人で馬車に乗ったりその仲間を同行させたりと、彼女は私の尺度で言うと規格外中の規格外だから。

「ユリシーズ。頑張って彼女のご機嫌をとるのよ」

私は姉としてユリウスに命じた。

その時の悲壮な弟の顔といったら。

「わかりました……」

少し可哀相《かわいそう》だが、安全に城の内部にまでたどり着けるかどうかはすべて、弟の肩にかかっている。

幸いなことに、エイダの父親である商会の主人は大変まともな感覚の持ち主だった。

「なんだお前たちは」

豪華な執務室にエイダが連れてきた身なりの貧しい商人たちを、警戒するように睥睨《へいげい》する。

「お父様やめて！　ユリシーズ様は将来有望な商人なのよっ」

エイダがユリウスを庇うように叫ぶ。ちなみに私たちの存在は、彼女の中でほとんどなかったことになっているようだ。

「全くお前は……。役者崩れに飽きたと思ったら今度は行商人崩れか？　いい加減にしてくれ！」

男は心底呆《あき》れたというように叫んだ。

普段から余程娘の奇行に困らされているに違いない。

「お前ももう十二なのだから、そろそろ結婚の準備を始める頃合いだ。金のない男に入れあげるのはもうやめろ」

「あら嫌だ。わたくし愛のない結婚なんて嫌よ。自分で真実の愛を見つけてみせるわ」

そう言ってエイダはユリウスの腕にしがみつく。

「失礼」

その時、エイダの手をそっと外してユリウスが前に出た。

「これも何かの縁。どうか我々のお話をお聞き入れいただけないでしょうか？　決して損はさせないとお約束しますよ」

そう言うとユリウスは、肩に背負っていた袋の中身を男にだけ見せた。その中にはユリウスの騎士服が収められているはずだ。そして青星騎士団の騎士服には、ところどころにシリウス王国の紋章が入っている。偽造すれば厳しく罰せられる品だ。

はじめは胡乱《うろん》な顔をしていたエイダの父だったが、その目がみるみると見開かれていく。

「エイダ、お前は自分の部屋へ行っていなさい。長旅疲れただろう」

「わかったわ！　ユリシーズ様も一緒に……」

「彼は私と話がある」

「そんなぁ！」

エイダは非難めいた声を上げたが、父親はそんな娘に慣れているのか、パチンと指を鳴らした。

すると部屋の扉が外から開き、顔に満面の笑みを張り付けたメイドが二人中に入ってきた。

「旅塵《りょじん》を落としてやってくれ」

男がそう命じると、メイドたちは慣れた手つきで両側からエイダを拘束《こうそく》し、引きずるようにして部屋を出て行く。

正直なところ、私たちはその光景に呆気《あっけ》にとられていた。

暴れながら引きずられていくエイダを見送った後、私たちは視線を男に戻した。

彼は立ち上がると人払いをし、父親の顔ではなく商人の顔で言った。

「それではお話を伺いましょうか。シリウス王国の方々」


男はアンセムと名乗った。このフォルゲン商会の商会長だという。もっと年配の男性を想像していたので、少し驚いた。年の頃は三十を過ぎたところだろうか。

灰色の髪を撫《な》でつけ、抜け目なさそうな目つきをしている。

「信じられないだろうが」

そう前置きして、ユリウスは私たちの素性を明かし、ここに至るまでの経緯を説明した。さすがにユーシスと地滑りの件は黙っておいたが。

まだ、この男が完全に信用できるかはわからない。

アンセムはさすが王室御用達の商人というべきか、無表情を保っていた。

「それで、私に国王との面会を助力せよと」

話を聞き終えると、アンセムは己の顎《あご》を撫でながら呟いた。

「そうだ。勿論《もちろん》無事に事が済めば、我が国との取引で貴殿が有益になるよう取り計らうこともできる。どうか？」

ユリウスもまた、先ほどのエイダ相手に疲れ切っていた顔など嘘のように、騎士としての顔をしていた。

「そちらのお嬢様が、ルーカス公爵家のお嬢様であらせられると……」

アンセムはクリシェルに視線を向けた。

それを察したクリシェルは、ここまで被ったままだった頭巾を外した。

多少旅疲れはあろうとも、人形のような美しさに陰りはない。アンセムはつかの間言葉を失った。

やがてアンセムは、崩れ落ちるようにその場に膝《ひざ》をついた。

それには見ていたこちら側が驚いてしまう。

「クリスティーヌ様の幼い頃にそっくりです……」

アンセムの声は震えていた。

「お母様を知っているの⁉」

我々も、まさか偶然出会った商人が亡き公爵夫人を知っているとは思わなかった。それも幼い頃の顔まで知っているなんて。

アンセムは顔を上げることなく答えた。

「私はまだクリスティーヌ様がお輿《こし》入れなさる前に、ご実家である侯爵家に出入りの商人としてお伺いしておりました。お会いしたのもその折でございます」

確かに王妃は、クリシェルの母がカノープス出身だという話をしていた。

「そんなに似ているのね……」

クリシェルは不思議がるように己の頬《ほお》に手を添えた。

彼女に母親の記憶はない。会ったこともない母親と似ていると言われて、どうすればいいのかわからず戸惑っている様子だった。

「こんな……こんな運命のいたずらがあるとは」

アンセムが小さく呟いた。

「不肖《ふしょう》アンセム。国のためクリシェル様のため、働かせていただければと思います。どうかお任せくださいませ。きっと良きようにして御覧に入れます」

アンセムの言葉は、あまり商人らしくはなかった。見返りを求めないその言葉に、彼とクリシェルの母親との間で一体何があったのだろうと不思議に思う。

ともあれ、これでカノープス国王に謁見するための道筋は作れた。

私たちはアンセムの言葉に甘え、彼の屋敷に泊まって旅の疲れを癒《いや》した。もてなしも大層なもので、久しぶりに人心地ついた。粗末な食事が続いていたので、それに慣れてしまったのか少し胃もたれしたほどだ。

ユリウスは常にエイダとの再会に怯《おび》えていたが、運よくというべきかその後彼女と遭遇することはなかった。

「どうぞこちらに」

アンセムが用意したのは、エイダが乗っていたのよりも豪華な四頭立ての馬車だった。クリシェルには贅沢《ぜいたく》なドレスが用意され、わたしにも侍女として差し支えない程度の服が用意された。

いくら素性を明かしたとはいえ、昨日の今日でこれだけのものを準備できるのだからアンセムは相当豊かな商人なのだろう。

「騎士の方々とは、馬車を分けていただきますね」

クリシェルと私がその馬車に乗り、騎士服を纏《まと》ったユリウスたちは別の馬車で移動するという。

「いや、馬を使わせてもらおう。我々はクリシェル様から離れるわけにはいかんのでな」

騎士の一人がそう言うと、アンセムは困った顔をした。

「大変申し訳ありませんが、他国の騎士の方が王都を闊歩《かっぽ》されるところを見れば、市民が驚きます。騎馬の騎士を街中で帯同できるのは、王族か貴族の方々くらいですので」

決まりであれば、仕方ない。

騎士たちもしぶしぶ納得し、別の馬車の中に納まった。

私たちの馬車は四人乗りなので、私とクリシェルの他にアンセムが乗車し出発した。

昨日乗った荷馬車と違って、腰が痛くならない。

「ねえ、あなたお母様の子供の頃のことを知っているのよね」

人がたくさんいる場所では聞きづらかったのだろう。クリシェルがアンセムに尋ねた。アンセムは軽く目を見開いた後、遠い目をして言った。

「あなたのお母様と初めてお会いしたのは、私がまだ先代の荷物持ちをしていた頃のことです。大変朗《ほが》らかな方で、ただの荷物持ちにすぎない私にも優しく接してくださいました」

私はクリシェルの母であるクリスティーヌ様のことは知らないけれど、目の前のアンセムはお世辞ではなく真実を語っているように見えた。

「ある時、侯爵家よりご依頼を受けてクリスティーヌ様用のブローチをご用意したことがありました。大切にしていた犬のモーニングジュエリーでした」

モーニングジュエリーというのは、亡くなった人の喪《も》を偲《しの》ぶために作られる装飾品を言い、この場合は亡くなった愛犬を悼《いた》むためのものだろう。

「クリスティーヌ様は大変喜んでくださいました。これでずっと死に別れた犬と一緒にいられると……ですが納品したブローチには、傷が入っていたのです。侯爵は大変お怒りになりまして、フォルゲン商会はあわや解散の危機となりました」

思い出話が思いもよらず剣呑《けんのん》な展開になったので、私たちは驚きつつも黙って話を聞いていた。

「その時に先代が、ブローチの傷は私の不注意のせいだと言い出したのです。荷物持ちが運んでいるうちに傷をつけて報告しなかったのだと。ですが私には、身に覚えのないことでした」

「それは……大変だったでしょう」

思わずそう相槌《あいづち》を打っていた。

おそらく先代の商会長は、アンセムのせいにすることで侯爵の怒りをそらし、商会全体を守ろうとしたのだろう。それは経営者としては正しいのかもしれないが、アンセムにとってはたまったものではない。

平民が貴族に目をつけられるということは、死刑宣告にも等しいのだ。

しかしアンセムは無事生きて私たちの目の前にいる。一体どうやって侯爵の怒りから逃げのびたのか。

「ええ。大変でしたが、事情を聞いたクリスティーヌ様がとりなしてくださいました。愛犬を悼むブローチのために、誰かを傷つけてほしくないと。おかげで私は赦《ゆる》されたのです。その後は商会を追い出されましたが、奮起して商会を創設し、業績を上げて逆に凋落《ちょうらく》したフォルゲン商会を買い取らせていただきました」

なんともたくましい昔話だ。

クリスティーヌ様に思いを馳《は》せていただけに、後半の言葉に頭が追いつかなくなった。

いや、先ほどからやけにぼんやりする。旅の疲れが出ているのだろうか。

「ですがあちらに嫁がれてからは、残念ながらお会いしておりませんね」

隣を見ると、熱心に話を聞いていたはずのクリシェルが私の肩に寄りかかって眠っていた。

先ほどまで興味津々《しんしん》で話を聞いていたのに、こんなことがあるだろうか。

はっとして、私は目の前にいるアンセムを見た。

彼は唇を歪《ゆが》ませ、醜悪《しゅうあく》な笑みを浮かべていた。

「だからね、私は許せないのですよ。早くにクリスティーヌ様を死なせたルーカス公爵も、シリウス王国という国も」

私は思わず息を呑《の》んだ。

どうにかこの窮地《きゅうち》を脱さなくてはと思うが、本当に眠くて考えがまとまらない。きっと食事になにか混ざっていたのだ。

ユリウスたちは無事だろうか。一体これからどうなるのだろうか。アンセムは何をするつもりなのか。

考えなければいけないことがたくさんあるはずなのに、もう私にはわずかな思考能力すら残されていなかった。

あるのはただ、クリシェルを守らなければという強い衝動だけだ。

彼女を庇うように抱きしめたまま、私の意識は白く曖昧《あいまい》になっていった。

ぱちぱちと炎が爆ぜる音。そして低い何者かの話し声で目が覚めた。

といっても、意識はひどく曖昧で、目を覚まそうにも頭も目もひどく重い。どうにか体を起こそうと悪戦苦闘していると、聞き覚えのない声がした。

「目が覚めたか」

それは低い男の声だった。男の存在に気づいていなかったので、私はひどく動揺した。

「だれ？」

自分の声とは思えないほど、声は掠《かす》れていた。

一体私に何があったというのか。

必死に記憶を手繰《たぐ》り寄せると、商人のアンセムと話している最中に不自然な眠気を感じたことを思い出した。その後の記憶は途切れてしまっている。

私はなんとか自分の寝ている床に手を這わせ、少しでも情報を得ようとした。

床はささくれた木の床だった。埃っぽく、普段から使われているような場所ではないのかもしれないと感じた。

「アンセム。薬の効きが悪いな」

「申し訳ございません。どうも個人差があるようでして」

アンセムの声はわかった。その言葉から察するに、あの異常な眠気はアンセムが盛った薬が原因であるらしい。提供された食事のいずれかに混ぜられていたのだろう。

必死に目を開けると、揺れる蠟燭《ろうそく》の明かりに照らされるようにして、部屋の隅に男が立っていた。

聞き覚えのない声だと思ったが、私はその男の声を一度だけ聞いたことがあった。

額《ひたい》に傷のある男——そこにいたのはデリックだった。

驚きで、思わずひゅっと喉が鳴った。

「まあいい。この女にはあの忌々《いまいま》しい王子の居場所を吐かせねばならん」

その言葉から、ユーシスが無事逃げのびていることを知った。

「もっとも、今頃生き埋めになっているかもしれないがな」

デリックの低い笑い声が聞こえた。

地滑りのことを言っているのだと気づき、背筋が凍った。

「なぜ……」

どうにか吐き出した言葉に、デリックが高笑いをする。

「なぜ、だって？　ウォッシュフィールドへ向かうだろうというのはすぐに予測できた。あらかじめ麓《ふもと》の村の住人には王子を引き留めるよう命じておいたのだ。まあ、今は村ごと土砂《どしゃ》で押し流されて、どこに村があったかもわからんような状態だがな」

改めて地滑りの被害の大きさを知り、体が凍るような心地がした。村一つ飲み込むような災害だ。もし山中にいたとしたら――間違いなく助からないだろう。

だが同時に、デリックに対して耐えがたい怒りを感じた。

自国の王子を弑《しい》そうとしたどころか、その窮地をせせら笑っている。自国への愛国心が強い私にとって、彼の態度は本当に許しがたいものだった。

「絶望したか？」

デリックは私に近づくと、髪を掴んで無理やり頭を持ち上げた。

痛みに頭が支配される。

だが一方で、その痛みによって完全に覚醒《かくせい》することができた。重い瞼《まぶた》を薄く持ち上げると、蠟燭の明かりに照らされてクリシェルが同じように床に身を横たえているのが見えた。だがぴくりとも動かない。

私は焦って手を伸ばした。そしてどうにかその頬に触れる。

――温かい。

クリシェルが生きていることを感じて、心底ほっとした。

「うぐっ……私たちを、一体どうなさるおつもりですか？」

状況から考えて、アンセムとデリックが繋《つな》がっていたのは疑いようもない事実だ。

眠ってしまってからどれくらい経ったのだろう。別の馬車に乗せられたユリウスたちは無事なのだろうか。

「これは外交問題になりますよ」

曲がりなりにも、私たちはシリウス王国からやってきた正式な使者だ。身分証も王の親書も携《たずさ》えている。

デリックが王弟レイモンドに従っていようとも、ないがしろにしていい存在ではない。

だがデリックは私の髪を放すと、今度は私の頭を床に押し付けた。

「ああ。そうなったら戦争になるなァ。いっそこの子供の首を切り落として送り付けてみるか？あ？」

心底愉快そうなデリックの言葉に、この男は本当に戦争そのものを好いているのだと悟る。他者を支配したいわけでも、領地を支配したいのでもない。ただただその争いが好きなのだ。

そうでなければ、クリシェルの首を送り付けるなんていう発想になるはずがない。シリウス側の憎悪を誘い、両国が戦争を起こせばこの男は満足なのか。

「あなたも……戦争を望むのですか？」

私は部屋の中にいるはずのアンセムに問うた。

床に押し付けられているので顔を上げることはできないが、先ほど頭を持ち上げられた時にその存在は確認していた。

戦争になれば商人は儲《もう》かると思われがちだが、扱う品目によっては損をする商人も多い。純粋に戦争を望むデリックとは違うだろうと思った。

何より、クリシェルは彼が恩を感じているクリスティーヌの娘だ。

「クリスティーヌ様に、恩を感じていたのではなかったのですか……？」

そしてその瞬間に思い出した。気を失う寸前に聞いた言葉を。

「そうですよ。クリスティーヌ様を殺した国など、滅んでしまえばいい。クリスティーヌ様と同じ顔で、忌々しいシリウスの血が入った青い目も憎くて仕方ない。視界に入ることすら苦痛だ」

案の定、彼は吐き捨てるように言った。低い声には、ただただ憎悪が詰まっているような気さえした。

そして私は、アンセムがクリスティーヌに対して感謝だけではなく、妄執《もうしゅう》めいたものを抱いていたことを知った。

敬愛する方の子供を血を理由に憎むなど、どう考えても普通ではない。

「あなた方が当商会を頼ってこられたのは我らにとって僥倖《ぎょうこう》でした。わがまま放題の娘だが、たまには役に立つことをする。陛下と謁見などされては厄介《やっかい》ですからな」

アンセムは悦に入ったような声で言った。

彼の口ぶりからするに、エイダとの出会いは狙ってしたことではなく、ただの偶然であったらしい。

だからこそ、警戒の足りなかった自分がただただ悔しい。

気を張っていたつもりだが、慣れない生活が続いて目の前にぶら下げられた幸運に縋ってしまった。もし私が冷静だったなら、アンセムを頼るにしても出された食事に気をつけるなど、できることはあったはずだ。

だが今の言葉で、わかったこともある。

やはりカノープス国王はレイモンド派の動きを知らないのだ。

知らないからこそ、我々が謁見して知られれば困るということか。

「俺はあんたみたいなお堅いやつが泣き叫ぶところが大好きなんだ」

彼は私の背に乗って動きを制限すると、まずは左手首を私の腰に縄でがっちりと固定してしまった。片腕だけ後ろで固定された状態で、なぜ両手共に固定しないのだろうかと不思議に思った。

そしてデリックがとりだしたのは、何の変哲もないナイフだった。短い刀身が橙の明かりに照らし出される。

彼は空いた左手で私の右手を床に押さえつけると、ちょうど指の根元辺りにナイフをかざした。

「何本目まで正気でいられるかな？」

デリックが楽しくて仕方ないというような声で言った。

鋭い刃が私の指に向けられる。

私は必死でもがき、抵抗した。どうにかデリックを体から振り落とそうとしたが、重い彼の体はびくともしなかった。

「イアン！」

思わず、その名を叫ぶ。

「ははは、あんたあの堅物とデキてたのか」

デリックが私の叫びを嘲笑《あざわら》った。

なにが面白いのだろう。どうしてこんなひどいことができるのだろう。

「こんなことをして何になるの!?」

「別にどうにもならんさ。ほらほら、泣いて許しを請わなくていいのか？　デリック様、助けてくださいって言ってみろよ。そしたらもっと楽に殺してやるぜ。そこのお嬢さんもろともな」

デリックがちらりと視線をクリシェルにやった。

この男は私たちを殺す気なのだ。

私は歯噛《はが》みした。

せめてクリシェルだけでも助けたい。私はどうなっても構わない。せめて彼女だけは。

目を閉じて、私は口を引き結んだ。そうしていないと今にも泣いてしまいそうだった。

「お？」

デリックは私の態度を訝しんだようだ。

「早くしなさいよ」

私が許しを請わない限り、この男は私たちを殺さない。何をされようと、我慢さえすれば。

「ああ？　指を切り落とされてぇのかこのアマは」

「早くしなさいって言っているでしょう！」

こわい、恐ろしい。男の言うように泣いて許しを請いたくなってしまう。

でも、最後まで諦《あきら》めたくない。

誰かが助けに来てくれる可能性があるなら、最後の最後までそれを諦めたくない。私が死ぬことになっても、せめてクリシェルを助けられるなら――。

だから必死に口を閉じて、泣いてしまわないよう堪えた。

「こりゃ驚いた。いい度胸じゃないか」

デリックは楽しげに言った。そしてぺろりと私の耳を舐《な》める。ぬるりと気持ちの悪い感触がした。

「ようしそれなら、最初は耳にしよう」

ナイフの薄い刃が、耳の後ろにあてられる。

体の震えが大きくなったが、声を上げることはどうにかこらえていた。

さくりと、皮膚《ひふ》を裂く音がやけに大きく聞こえた。

その時だった。

しっかりと閉じた瞼の外が、急に明るくなった気がした。同時に、たくさんの足音。

「デリック・ウィストンを捕縛しろ！」

そう叫んだ声は、確かにイアンのものだった。

慌てて目を開けると、そこにはイアンとユリウス、それに見覚えのある青星騎士団員たちが立っていた。

恐怖のあまり、幻覚を見ているのかと思ったほどだ。

彼らは瞬く間にデリックを無力化した。アンセムもまた同様だ。横たわっていたクリシェルのことも、騎士が保護しているのが見えた。

「サンドラ！」

デリックが下りたので何とか体を起こすと、それと同時に名前が呼ばれた。声のした方向から、イアンが走ってくる。

茫然としていたが、彼の顔を見るとこらえていた涙が溢れ出してきた。

手縄が解かれ、力強い腕に抱きしめられた。彼の体に縋りつく。

怖かった。生きていた。やっと会えた。

感情がぐちゃぐちゃだった。なんと言っていいかわからず、私は子供のようにただただ泣きじゃくった。

「こわかった……こわかったです」

デリックに脅《おど》されたこと。クリシェルを殺されそうになったこと。でも何より怖かったのは、イアンが地滑りに巻き込まれて死んでいるかもしれないということだった。

「すまなかった。また君を危険に晒《さら》してしまった」

イアンは生真面目に謝った。その口調がなんとも彼らしくて、本当に帰ってきてくれたのだと思うとまた涙が流れた。

「もう、離れたくないです」

「ああ、俺もだ」

体から力が抜けて、私はそのまま気を失ってしまった。

エピローグ

私は救出された後、極度の疲労で熱を出して寝込んでしまった。

なので、これは後から聞いた話だ。

イアンたちはユーシス王子の気づきによって、地滑りの難を逃れることができた。なんとか無事ウォッシュフィールドにたどり着いた彼らは、急いで公爵と面会し、王弟レイモンドのサインが入った誓約書を見せた。

孫から話を聞いたウォッシュフィールド公爵は驚き、即座に王都行きを決定した。

イアンは同行した騎士を私たちと合流させるため港に向かわせ、自《みずか》らはユーシスと同行することにした。

驚いたことに、イアンは私たちよりも先に王都入りしていたらしい。そしてユーシスはウォッシュフィールド公爵と共に父王と面会した。

公爵は息子を信じないとは何事だと国王に怒り、舅《しゅうと》である公爵に頭が上がらない国王は、慌ててレイモンドを拘束《こうそく》。

つまり、私たちが王都入りした時には既《すで》に、レイモンドは捕まっていたのだ。それを手始めに、あの誓約書に名前のあった貴族たちは次々に捕らえられていった。

私とクリシェルが監禁されていたのは、そんな貴族の屋敷のうちの一つだったのだ。同じように睡眠薬を盛られたユリウスたちは私たちよりも先に目を覚まし、アンセムによって騙《だま》されたことを知った。

ユリウスは他の騎士たちと一緒に、屋敷の一室に監禁されていた。だが奇妙なことに、目を覚ました時見張りは誰もいなかったのだそうだ。

そして私たちを探そうとどうにか部屋から出ると、そこで貴族を拘束するためにやってきていた国王軍と鉢合わせした。

ユリウスは国王軍に自らの身分を明かし、私たちを探してくれるよう頼んだ。この知らせはすぐに城にいたユーシスとイアンにも届けられた。この時初めて、彼らは私たちもまた王都に来ていることを知った。

一方で、デリックとアンセムはレイモンドが捕縛されたと早くから知っていたそうだ。そして他の貴族や仲間たちが我先に逃げ出そうとしている中、彼らは危険を冒《おか》して王都に残り続けた。

なぜか？

それは、彼らの目的が金ではなかったからだ。

レイモンドに味方した者たちの目的は、つまるところ金だった。レイモンドが王になった際には便宜《べんぎ》を図ってもらったり、戦争で儲《もう》けようと考える者たちだった。

だがその中でも、デリックとアンセムは異質だったという。

デリックが執着していたのは戦争だ。彼は戦争そのものを望んでいたから、レイモンドが捕らえられてもクリシェルを亡き者にすればまだ戦争は起こせると考えていた。

たとえ拘束されたとしても、戦争になれば特赦《とくしゃ》が行われ罪人は戦場に立たされる。つまり戦争さえ起こせば捕まっても問題ないと考えていたのだ。彼は大好きな戦場に舞い戻ることができるのだ。

一方アンセムが望んだのは、シリウス王国への復讐《ふくしゅう》だった。

馬車の中で語ったように、彼はクリシェルの母であるクリスティーヌに特別な感情を抱いていた。そして彼女を奪い死に追いやったシリウス王国を嫌悪していた。

商人として成功していた彼はレイモンドから金銭的な援助を打診されており、シリウス王国に一泡吹かせることができるならとそれを受けた。

彼はレイモンドが捕まったと知り、逃げるのではなくせめてクリシェルを亡き者にしようと考えた。そして、クリスティーヌを娶《めと》ったギルバートに最大級の苦痛を与えるのだと。

どちらも恐ろしい妄執《もうしゅう》だ。

彼らの考えが、私には一切理解できなかった。

熱が下がって落ち着いてくると、私は無事クリシェルの教育係として復帰することができた。といっても場所はカノープス王宮なので、教育係としてではなく侍女として働くことになる。

貴族たちの拘束が無事済んだ後、カノープス国王から特別な夕食に招待された。てっきり私はクリシェルの傍《そば》に使用人として立っているだけだと思ったのだが、驚いたことに国王と同席して食事をどうぞという申し出だった。私の他にも、イアンやユリウス。勿論《もちろん》騎士たちも招待されている。

ちなみに、クリシェルのドレス含め港に置いてきてしまった荷物は、国王軍が回収してきてくれた。あの地の領主を捕縛しに行ったついでだそうだ。

なので私もどうにか身支度を整えることができた。王宮の侍女の手を借りてクリシェルと自分の準備を済ませ、晩餐《ばんさん》に向かう。

私はイアンにエスコートしてもらい、クリシェルのことはユーシスがエスコートしていた。見た目には大変可愛《かわい》らしいカップルだ。

二人はどちらも、短い期間の間に少し表情が大人びた気がする。

晩餐の会場は国王の私的な空間だった。そこには国王の他に王妃、そしてウォッシュフィールド公爵の姿もあった。白い髭《ひげ》を蓄《たくわ》えた威厳ある人物だ。

カノープスの国王は、ユーシスとはあまり似ていなかった。髪はユーシスと同じ茶色だが、くせっ毛のようだ。少し気弱そうな外見をしており、威厳を出すためなのか、公爵と同じように髭を蓄えている。

「貴殿らの勇気と献身に感謝を」

王の言葉と共に乾杯が行われ、私たちは晩餐を楽しんだ。

といってもクリシェルやイアンなど一部を除き、こういう席に慣れない私やユリウスは四苦八苦していた。マナーを教えることができても、それを実践《じっせん》できるかどうかは別問題だ。まさか隣国の国王とテーブルを囲むことになるなんて、想像すらしていなかった。

だが意外なことに、晩餐は和《なご》やかなものとなった。

クリシェルがこの国で感じたことや自国の話をして、場を盛り上げたからだ。国王夫妻は利発なお嬢さんだと彼女を気に入った様子だった。

お酒が入ってくると、話はなぜか私たちが捕まっていた時の話になった。

「わたくしが目を覚ましたら、デリックがサンドラの指を一本ずつ落としてやると脅《おど》していたのです。泣いて頼めば二人とも楽に殺してやるぞ、と。わたくし、もう恐ろしくて恐ろしくて」

クリシェルが芝居がかった調子で言った。

この言葉に、思わずワインを噴き出しそうになった。

あの時は、まさか彼女が起きているなんて思いもしなかったのだ。

「そうしたら彼女、泣き言ひとつ言わずに、逆に犯人へ早くしなさい！　と怒鳴りつけて。本当に勇ましかったですわ」

カノープス側は感心するようにため息をついたが、シリウス側は複雑そうな表情を浮かべていた。ユリウスたちはいいように引き離されてしまったことを今でも悔いているようだ。

一方で、改めて客観的に当時の話を聞くと、自分のしたことが無謀すぎて恥ずかしくなる。

クリシェルはさもいいことをしたという顔でこちらを見ているが、食事が終わったらお説教をしなくてはと思った。

あちこちで、こんな話を吹聴されてはたまらないからだ。

「それは勇ましい」

「普段は妃殿下の侍女をなさっているのでしょう？　あなたのような侍女がいるなんて妃殿下は果報者ですわね」

シリウスより武勇を尊ぶ国民性らしく、国王夫妻も公爵も、目をキラキラとさせてこちらを見ていた。

なんとも居たたまれない。

一方で、ユーシスも負けじと自分に同行していたイアンを褒めたたえた。

「イアンは自分だけで何もかもしなくていいのだと教えてくれたのです。彼らとの旅には学びが多くありました」

「いえ、殿下の知識があってこそ、我々は地滑りの難を逃れることができたのです」

どうやらイアンはイアンで色々あったらしい。

まだ後処理などでゆっくり話すことはできていないので、彼の口から直接その時の話が聞きたいと思った。それに私も、テオやローズの話をしたい。それから初めて料理を習ったことも。

期間にすると半月ほどのことなのだが、この半月は私たちにとってなんとも濃厚な時間だった。

そして和やかな雰囲気のまま、晩餐会は終わりを迎えた。


クリシェルの服を着替えさせて寝かしつけた後、自室に戻るとイアンが訪ねてきていた。

いつからそこにいたのか、彼は晩餐会で見た騎士服姿のままだった。

「いらしてたんですね。声をかけてくだされればよかったのに」

私の部屋はクリシェルの部屋の隣だ。声をかけてくれればよかったのに、どうして私が来るまでわざわざ待っていたのだろう。

「ああ……部屋に入ってもいいだろうか？」

「え、ええ」

なんだかいつものイアンではない気がして、少しどきりとした。

その顔には複雑な影が差している。

とりあえずドアを開け、部屋の中に入った。部屋の中はそう広くない。もともと貴賓《きひん》の侍女のための部屋だからだ。とはいえシリウスの城で使っている使用人部屋よりは明らかに広い。

ランプに明かりを入れ、私はベッドに腰を下ろした。部屋にある椅子《いす》は一脚だけなので、イアンに使ってもらおうと思ったのだ。

しばらくの間、イアンは何かを考えるように黙り込んでいた。

イアンに会えるのは嬉《うれ》しいが、何を言われるのかと怖くなってしまう。もしや先ほどの晩餐での会話が関係あるのだろうか。

「先ほど……」

不安に思いながら待っていると、イアンはそう言って口火を切った。

「クリシェルが話していた話は本当だろうか？」

やはり先ほどの話が引っかかったようだ。

私は戸惑った。否定するわけにもいかない。クリシェルがカノープス王に嘘《うそ》を言ったことになってしまう。

「ほ、本当です」

あまり好ましい言動でないことはわかっていた。カノープスと違い、シリウスでは女性は前に出ず男性を立てることが好まれる。

謝るべきだろうかと悩んでいると、イアンが身を乗り出してきて私の手を握った。

「守ると言ったのに、約束が果たせずすまない……」

思いがけない言葉に、一瞬何を言われたのかわからなかった。

「そんな、イアン様は自らの責務を果たされたではありませんか」

「だが、君が恐ろしい思いをしている時に傍にいることができなかった。君は約束を守って、クリシェルを守ってくれたのに」

彼はユーシスを守り切って、無事ウォッシュフィールドまで送り届けた。それを讃《たた》えこそすれ、どうして傍にいてくれなかったと責めたりできるだろう。

私はイアンの冷たい手を握り返した。鍛錬の末に剣だこで硬くなった手のひらだ。

「でも今は、傍にいてくださるではありませんか」

生きて再会できた。それだけで私には十分だ。

「私は、ただ守られるためにあなたと結婚するわけではありません。お互いに支え合える夫婦になりたいのです」

言ってから、気恥ずかしさがせりあがってきた。

心からそう思っていても、面と向かって口にするのはどうにも照れる。

イアンは私を抱きしめると、背中をゆっくりと撫《な》でた。

「好きになったのが、君でよかった」

囁《ささや》かれた言葉が染みて、とても嬉しい気持ちになった。

「私もです」

吸い寄せられるように私たちはキスをした。まるで離れていた時間を埋めるように。

あとがき

どうもこんにちは。柏《かしわ》てんです。

さすがに二巻から読む方は稀《まれ》だと思うので、初めましてではないですかね。

もし初めましての方がいらっしゃいましたら、ぜひ一巻もお読みいただけると幸甚《こうじん》です。おそらく二巻がもっと楽しめることでしょう。

二巻はド真面目侍女ことサンドラが無事長年の片想い相手であるイアンと婚約し、仕事に復帰するところから始まります。

ネタバレになるので、本編がまだ未読という方はここから先読まないでくださいね。

二巻のお話をいただいた時は、正直一巻以降の内容というのは全く考えていなかったので、まっさらなところからストーリーを考え始めました。

すぐに浮かんだのは、この二人がすんなり結婚できるはずがないだろうなということでした。

お互いに長年片想いし続けただけあって、口下手で鈍感です。周囲の後押しがなければくっつくこともなかったでしょう。そんな二人ですので、なにかトラブルが起こるのはもう必然でした。

二人の障壁としてすぐに思い浮かんだのがクリシェルです。一筋縄ではいかないイアンの姪《めい》。イアンと同じ血が流れているなら美少女だろうという安直な考えで、現在のキャラクターが出来上がりました。

でもこの時点では、あくまで家庭内のごたごた程度で、まさか国を揺るがすような大騒動が起こる予定ではなかったんですよね。

一体どうしてこうなったのか……。

ともあれ今回の出来事がきっかけで、二人の絆《きずな》がより深まったんじゃないかなと思います。はたしてこのまま、無事結婚にこぎ着けられるのか。今のところ何も考えていませんが、多分何かしら障害が立ちはだかりそうな気がします。天邪鬼《あまのじやく》な作者で申し訳ない。

主人公の二人だけでなく、クリシェルやユリウスも思い入れのあるキャラクターです。ぜひとも皆幸せになってもらいたいですね。

そしてこの場を借りて、本の製作に関わってくださった多くの方々に感謝を。

小説は一人でも書けますが、書籍という形にするのはどんなに頑張っても一人では無理です。多くの方のご協力が必要不可欠です。

なにより、一巻を買ってくださった皆さんがいなければこの二巻は出ませんでした。なので改めてお礼を言わせていただければと思います。本当にありがとうございます。

私はネット出身の作家なので、最初から読む人ありきなんですよね。むしろ読んでいる方の反応がなければ、書き続けられないタイプです。
なので引き続き作品をお届けできるよう、頑張りたいと思います。
どうぞよろしくお願いします！

柏 てん

ダッシュエックスノベルfの既刊

Dash X Novel F 's Previous Publication

『爵位を剥奪された追放令嬢は知っている2』

水十草

イラスト／昌未

愛憎と策略が渦巻く　恋愛×ミステリー、待望の第二弾！

コーヘッドにやってきたガウェインから、今度の休暇に旅行へ行こうと誘われたアリス。第一王子であるガウェインの兄サイラスと数人の令嬢たちとの見合いをかねた旅行らしく、同行するガウェインは彼女らに関心がないため、アリスに一緒に来てほしいというのだ。行き先は最近観光地として復活したバイウォルズ。興味を引かれたアリスは誘いを受けるが、滞在初日から波乱含みの幕開け。人形のドレスが破かれたり、錯乱状態の男が館に乱入したりと不可解な事件が次々と発生してしまう…！ いくつもの謎を解くべくアリスとガウェインは共に捜査を開始するが、二人の距離もいつの間にか近づいていて…!?

ダッシュエックスノベルfの既刊

Dash X Novel F 's Previous Publication

『後宮の獣使い ～獣をモフモフしたいだけなので、皇太子の溺愛は困ります～』

犬見式

イラスト／羽公

獣を愛する少女・羽《ユウ》が後宮のトラブルを解決!!
天才獣使いのモフモフ中華ファンタジー!!

人間と獣が共存する宮廷「四聖城」。そこには四つの後宮があり、様々な獣を飼育していた。深い森の奥で、獣とともに人目を避けて暮らすヨト族の少女・羽《ユウ》は、病に倒れた祖母の薬を買うために、雨が降りしきる中、森を抜けて「四聖城」の城下町を訪れる。

しかし、盗っ人と疑われた羽は役人に連れていかれ、身分を明かせないことから、最底辺職である「獣吏」にされてしまう。過酷な環境で、獣の世話をする奴隷のような生活になるはずが、獣が大好きな羽にとっては最高の毎日で…!?

後宮に起こる問題を豊富な獣の知識で解決し、周囲を驚かせていたある日、羽は誰もが恐れる「神獣」の世話をしたことで、なぜか眉目秀麗な皇太子・鏡水《ジンシュイ》様に好かれてしまい…!?

ダッシュエックスノベルfの既刊

Dash X Novel F 's Previous Publication

『妄想好き転生令嬢と、他人の心が読める攻略対象者 ～ただの幼馴染のはずが、溺愛ルートに突入しちゃいました!?～』

三日月さんかく

イラスト／宛

エッチな妄想もつつ抜け!?
〈妄想お嬢様×エスパー美少年〉の笑撃ラブコメスタート！

恋愛経験はゼロ。だけど人一倍えっちな事に興味津々だった私は高校卒業を機に、夢だった18禁乙女ゲームを手に入れる寸前で事故に遭い……。気がつけば超ド健全な乙女ゲーム『レモンキッスをあなたに』の世界に転生していた!?　ゲームの世界ではモブキャラである、ジルベスト子爵家の次女・ノンノとして生きる私だけど、前世の記憶はそのまま。つまり幼女の頃から煩悩だらけ。そんな私の目の前に、「君は、な、何を考えてるんだ!?」――顔を真っ赤にした美少年・アンタレスが現れた。彼はこの世界の攻略対象者であり、そして事もあろうに他人の心が読めてしまうのだった……。ゲームのヒロインである超美少女・スピカとの恋ルートもあるアンタレスだけど――。

ダッシュエックスノベルfの既刊

Dash X Novel F 's Previous Publication

『魔力量歴代最強な転生聖女さまの学園生活は波乱に満ち溢れているようです』

～王子さまに悪役令嬢とヒロインぽい子たちがいるけれど、ここは乙女ゲー世界ですか？～

行雲 流水

イラスト／桜 イオン

魔力量歴代最強な転生聖女が送る
トラブルだらけの乙女ゲー異世界学園生活！

乙女ゲームのような世界に“転生者”が二人いる!?幼なじみ達と平和に暮らしたいナイにとっては、もう一人の転生者が大迷惑で!?転生して孤児となり、崖っぷちの中で生きてきた少女・ナイ。ある日、彼女は聖女に選ばれ、二度目の人生が一変することになる。後ろ盾となった公爵の計らいで、貴族の子女が多く通う王立学院の入試を受け、見事合格したナイは、何故か普通科ではなく、特進科に進むことに！そのクラスにいるのは、王子さまに公爵令嬢、近衛騎士団長の息子など高位貴族の子女ばかりで…！ここは乙女ゲームの世界ですか!?と困惑するナイだが、もう一人の特進科に入った平民の少女が、王子たちを「攻略」し始めて…!?婚約者のいる貴族との許されざる恋にクラスは徐々に修羅場と化し…!?

ダッシュエックスノベルfの既刊

Dash X Novel F 's Previous Publication

『未来で冷遇妃になるはずなのに、なんだか様子がおかしいのですが…』

狭山ひびき

イラスト／珠梨やすゆき

すれ違い×じれじれの極甘ラブストーリー！

家族から疎まれて育ったグリドール国の第二王女ローズは、ある日夢を見た。豪華客船プリンセス・レア号への乗船。そして姉のレアの失踪をきっかけとして、自分が姉の身代わりとしてマルタン大国の王太子ラファエルに婚約者として差し出され、冷遇妃になる夢だ。数日後、ローズは父の命令で仕方なく豪華客船プリンセス・レア号に乗る。夢で見た展開と同じことにおびえるローズ。だが、姉の失踪を告げたラファエルは夢とは異なり、ローズを溺愛し始める。その優しさにローズもラファエルと離れたくないと思い始め——!?

ダッシュエックスノベルfの既刊

Dash X Novel F 's Previous Publication

『冷酷なる氷帝の、妻でございます ～義妹に婚約者を押し付けられたけど、意外と可愛い彼に溺愛され幸せに暮らしてる～』

茨木野

イラスト／すがはら竜

**冷酷な氷帝と落ちこぼれの公爵令嬢が婚約!?
嫌いからはじまった2人の関係は――。**

公爵令嬢のフェリアは、誰もがもって生まれてくるはずの「精霊の加護」がないせいで落ちこぼれ認定されている。周りからは蔑まれながらも、粛々と国立魔法学校に奨学生として通っていた。そんなある日、義妹・セレスティアが婚約者と結ばれたくないと言い出したせいで父に呼び出されるはめに。可愛いセレスティアのため、フェリアを身代わりに差し出すことにしたと言ってのけた。最低な父、ワガママな義妹と縁を切りたかったフェリアは父からの提案を了承し、嫁ぐことに決めたが――。相手は、王家最強の騎士にして「冷酷なる氷帝」と呼ばれる男・アルセイフだった。誰もが恐れるアルセイフに物おじもせず妻として接するフェリアに、凍っていた氷帝の心もだんだん溶かされていき――。

Dノベルf

ド真面目侍女の婚約騒動！２
～無口な騎士団副団長に実はベタ惚れされてました～

柏 てん

2023年9月10日　第1刷発行

★定価はカバーに表示してあります

発行者　瓶子吉久
発行所　株式会社　集英社
〒101－8050　東京都千代田区一ツ橋2－5－10
03(3230)6229(編集)
03(3230)6393(販売／書店専用)　03(3230)6080(読者係)
印刷所　株式会社美松堂／中央精版印刷株式会社

ISBN978-4-08-632013-9　C0093

作品のご感想、ファンレターをお待ちしております。

あて先
〒101－8050　東京都千代田区一ツ橋2－5－10
集英社ダッシュエックスノベルf編集部　気付
柏 てん先生／くろでこ先生